정령왕 엘퀴네스

이환 판타지 장편소설

14.5

dream books
드림북스

정령왕 엘퀴네스 14.5 각자의 삶은 이어진다

초판 1쇄 인쇄 / 2019년 4월 16일
초판 1쇄 발행 / 2019년 4월 30일

지은이 / 이환

발행인 / 오영배
책임편집 / 편집부
디자인 / 오정인
제작 / 조하늬

펴낸 곳 / (주)삼양출판사 · 드림북스
주소 / 서울시 강북구 도봉로 173
대표 전화 / 02-980-2112 팩스 / 02-983-0660
편집부 전화 / 02-987-9393 팩스 / 02-980-2115
블로그 / blog.naver.com/dreambookss

등록번호 / 제9-00046호
등록일자 / 1999년 3월 11일

ISBN 979-11-283-9463-8 (04810) / 978-89-542-4481-7 (세트)

* 지은이와 협의하에 인지는 생략합니다.
* 잘못된 책은 구입한 곳에서 바꾸어 드립니다.

이 도서의 국립중앙도서관 출판시도서목록(CIP)은 서지정보유통지원시스템홈페이지
(http://seoji.nl.go.kr)와 국가자료공동목록시스템(http://www.nl.go.kr/kolisnet)에서
이용하실 수 있습니다. **(CIP제어번호: 2019013603)**

정령왕
엘퀴네스
개정판
이환 판타지 장편소설
14.5
dream books
드림북스

정령왕 엘퀴네스 14.5

Contents

각자의 삶은 이어진다

외전 1

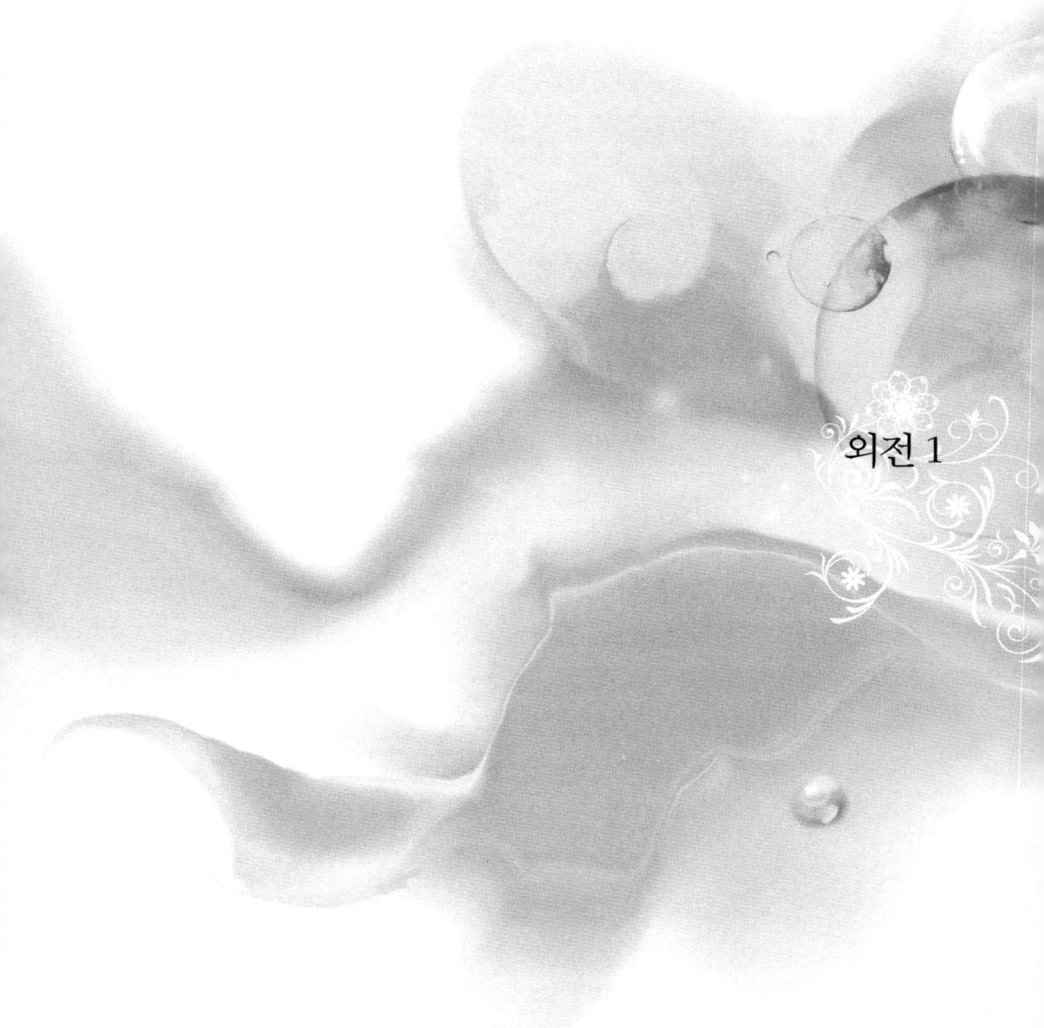

1.

"으랏차!"

우렁찬 기합 소리와 함께 육중한 몸체가 무너졌다. 쓰러진 후에도 꿈틀거리는 동작은 몹시 위협적이었으나 이미 치명상을 입은 후였다. 빠르게 식어가는 눈만 보아도 회생하기는 어려울 듯 보였다. 역시나 생물은 다시 일어나지 못하고 그대로 조용해졌다. 그렇게 완전히 숨이 끊어진 사체 앞으로 두 남자가 다가왔다. 이제 막 끝마친 전투에서, 생물의 패배에 지대한 공헌을 한 이들이었다.

"이야, 이게 웬 횡재냐? 토끼나 몇 마리 잡아가면 다행이다 싶었는데 돼지라니! 며칠은 포식할 수 있겠다!"

"그러게 말이야. 우린 정말 운이 좋아."

"후추랑 소금은 넉넉히 챙겨왔지?"

"당연하지! 내가 다른 건 몰라도 조미료만큼은 후하게 챙기잖냐. 자고로 한 끼를 먹어도 맛있게 먹어야 하는 법!"

"그렇지! 바로 그거지!"

사정을 모르는 사람이 들으면 멧돼지를 사냥한 것으로 이해할 법한 대화였다.

물론 생물의 형태가 멧돼지와 비슷하긴 했다. 덩치가 비정상적으로 크고, 털과 가죽이 바위보다 딱딱하고, 다리 형태가 파충류의 것에 가깝다는 점만 제외한다면 말이다. 그리고 대체로 이러한 차이점은 이 생물을 '먹지 못하는 것'으로 분류하는 기준이 되는 편이었다.

그러나 시시덕거리는 두 남자는 그런 기준 따위는 알지도 못한다는 듯 잡은 사냥감을 해체하기에 바빴다. 빠르게 가죽을 벗기고 능숙하게 살을 발라내는 게 이미 한두 번 해본 솜씨가 아니었다.

멀찍이서 구경하던 이들이 그런 두 사람의 모습을 질린 얼굴로 바라보았다.

때마침 다른 쪽에서 전투를 마친 남자가 사람들 틈을 가르고 두 남자를 향해 다가갔다. "여, 아재. 그쪽도 끝났나 봐요? 수고하셨습다!" 한창 고기를 손질하던 남자 중 하나가 다가오는 그를 발견하고 손을 흔들었다.

아재라 불린 남자가 떨떠름한 표정으로 고개를 까닥였다.

"중급 몬스터인 배틀 피그를 고작 둘이서 이렇게 쉽게 잡다니. 자네들 무위는 볼 때마다 놀랍군. 자네들 정말 은패가 맞나?"

길드에서 가장 큰 용병단의 부단장이자, 실질적인 지주.

금패의 용병 렉스.

그 이름 앞에 붙는 여러 수식어만큼이나 찬란한 경력을 지닌 남자는 다른 건 몰라도 자신의 사람 보는 눈만큼은 자신했다. 그가 보기에 이들의 실력은 결코 은패가 아니었다. 렉스는 그들이 어떠한 사정으로 승급 시험을 치르지 않은 거라고 여겼다.

그 시선 끝에 놓인 두 남자, 헤롤과 마이티가 어깨를 으쓱였다.

"에이, 덩치랑 힘만 셌지, 얘 지능은 하급보다 못한 걸요. 공격 패턴이 뻔해서 요령만 익히면 잡기 쉬워요."

"음, 그 덩치와 힘이 패턴이나 지능을 압도하고도 남는다는 게 문제인 거다만……."

"그냥 빈틈을 잘 노려서 때리면 되는데? 그치, 마이티?"

"어, 그렇지."

"……그래. 자네들에겐 의미가 없는 말이라는 건 잘 알겠군."

일부러 승급 시험을 치르지 않은 게 아니라 본인들 실력을 스스로 모르는 건가?

고심해 볼 만한 문제였으나 생각은 그리 오래 이어지지 못했다. 외면하려 해도 할 수 없는 광경이 아까부터 자꾸만 시야를 어지럽히는 탓이었다.

렉스의 떨떠름한 시선이 한창 진행 중인 해체작업을 향했다.

"그런데 자네들, 정말 그걸 먹을 생각인가?"

사냥감을 찾기 위해 나온 지 어느덧 두 시간 째.

별다른 소득이 없이 헤매고 있기만 할 때 배틀 피그 세 마리와 마주쳤다. 이대로 빈손으로 돌아갈 수는 없다곤 하나 몬스터 고기를 가지고 갈 생각을 할 줄은 몰랐다. 이런 황당한 상황은 처음 겪다 보니 어떻게 반응해야 할지도 알 수가 없었다. 렉스는 당연히 그들이 농담하는 거라고 생각했다. 그러나 돌아오는 대답은 산뜻하기만 했다.

"당연하죠. 그럼 안 먹을 건데 손질을 하겠수? 아재 쪽이 잡은 것들도 여기로 갖고 와요. 얼른 끝내고 가게."

"……혹시나 해서 하는 말인데. 몬스터 고기는 독이나 마찬가지라 먹을 수 없다만."

"그야 당연히 알지. 그래도 이놈은 독소가 내장에 있거든요. 잘 발라내서 중화하면 살은 먹을 수 있어요."

그게 정말일까? 남자의 얼굴에 진한 불신이 서렸다.

먹을 수 있는 몬스터가 있다니, 태어나서 그런 말은 한 번도 들어본 적 없었다. 몬스터는 살아 있는 오염물질이었다. 가죽이나 뼈는 활용해도 내용물은 쓸모없다는 게 일반적인 상식이었다.

간혹 재생 능력이 강한 개체의 피는 치료 약을 만드는 재료로 활용되기도 하지만 그것도 시약 과정을 거쳐 정제된 일부만 활용할 수 있었다.

지난 십 년의 재앙 기간, 지독한 가뭄에 먹을 것이 씨가 마를 때도 몬스터 고기를 입에 넣는 이는 없었다. 만약 먹은 이가 있다면 스스로 목숨을 끊을 작정이었을 것이다.

결국 렉스는 두 사람이 질 나쁜 장난을 치고 있다는 것으로 결론을 내렸다.

"뭐야, 배틀 피그를 잡은 거야?"

때마침 들려온 목소리에 렉스의 얼굴이 화색을 띠었다.

멀찍이서 휴센이 다가오고 있었다.

그들 일행이 사냥을 나선 동안 그는 다른 팀과 함께 물을 보급하러 간 참이었다. 용무를 마치고 귀환하는 길에 마주친 것 같았다.

그렇지 않아도 두 사람을 어떻게 해야 할지 고심하던 차에 그를 만나니 안심이 됐다. 말도 안 되는 장난을 치는 걸 나무라고 싶었으나 동료가 된 지 얼마 안 된 상태다 보니 관계를 어색하게 할 만한 상황은 되도록 피하고 싶었다. 하지만 기존 동료이자 대장인 휴센이 나선다면 두 사람도 잘 받아들일 것이다.

그는 휴센이 얼른 이 참사를 두고 한마디 해주길 바랐다. 그러나 돌아온 반응은 예상과 전혀 달랐다.

"잘했다. 얼른 가서 굽자."

"……."

휴센은 아예 소매를 걷고 앉아 해체작업을 돕기 시작했다.

싱글벙글한 얼굴에 가득한 건 오랜만의 포식을 앞둔 들뜸뿐이었다. 당연히 뒤쪽에서 렉스가 망연한 얼굴을 하고 있다는 건 조금도 알아차리지 못했다.

"저건 또 뭔 지랄들이래?"

"야, 코웰 이놈아. 너 그런 말투 좀 그만두랬지!"

"영감탱은 눈이 없어? 아무리 봐도 이상한 짓을 하잖아!"

한쪽에 있던 무리 중에서 다투는 소리가 이어졌다. 아직 얼굴이 낯선 이들은 다른 쪽에서 합류한 일행이었다.

렉스는 한숨을 내쉬었다.

동료가 된 지 어느덧 한 달.

진정한 한 팀이 되기 위한 길은 아직 한참 진행 중이었다.

* * *

[지나친 행운은 독이 된다.]

휴센은 언젠가 어느 서점가에서 봤던 현판의 문구 하나를 떠올렸다. 지금 누리는 것에 취하느라 방심하지 말라는 의미에서 나온 명언이었던 걸로 기억한다.

휴센 자신의 신조이기도 했다.

늘 과신하지 않고 겸손하게, 나태해지거나 방심하지 않는다.

용병은 특히 적이 생기기 쉬운 세계인 만큼 나름대로 철칙을 잘 지켜왔다.

그는 무리해서 욕심부리거나 몫을 챙기려 하지 않았다. 금패를 지니고 있으면서도 이제껏 귀족 가문이나 큰 용병단에 들어가지 않은 것도 그러한 이유 중 하나였다.

그러나 최근 들어 깨달은 사실이 하나 있었다.

아무리 노력해도 인간의 힘으로는 막을 수 없는 행운과 악운 또한 있다는 것을.

"이거 뭐냐?"

오늘 그는 드물게 하늘이 노래지는 분노를 경험하는 중이었다. 그의 손에 들린 편지 한 장이 공중에서 팔랑팔랑 흔들렸다.

발신인, 용병 길드 마스터.

내용물, 해약 통지서.

안에 적힌 장문의 글귀는 서두부터 장황했다.

귀하의 용병단에 평화와 안녕을 기원합니다.

오늘 이 편지를 보내는 이유는 길드에서 결정된 최종 결정안을 알려 드리고자 함입니다. 앞서 저희 길드 임원진은 언제나 합리적이고 공평한 방식에 따라 다수결의 원칙으로 길드를 운영한다는 사실을 알려 드리는 바입니다.

최근 귀하의 용병단이 길드의 운영 취지에 맞지 않는 행동을 자행하는바, 이에 대한 임원진의 논의가 있었습니다.

다수의 임원이 근심과 우려를 표했고, 처분에 관한 표결이 이뤄졌습니다. 전체 10명의 임원 중에서 10명 임원이 모두 참여하였으며 '처분한다' 에 8개의 표, '처분하지 않는다' 에 2개의 표로 마무리되었습니다.

이에 앞으로 우리 용병 길드는 귀하의 용병단과 함께할 수 없다는 뜻을 밝힙니다. 좋지 않은 결정을 전하게 되어 매우 유감스럽게 생각하는 바입니다. 이 결정에 의문을 제기하고 싶다면 서면이나 방문을 통해 정식으로 진행해 주시길 바랍니다. 방문은 수도에 있는 길드 본부 3층의……

서술은 구구절절했지만 한 문장으로 요약하면 간단했다.

'샴페인 용병단을 길드에서 영구 제명한다' 는 내용이었다.

통지서 하단엔 소지한 용병 패를 전부 반납하라는 내용이 첨부되어 있었다. 기한 내에 반납하지 않을 시 수배될 거라는 엄중한 경고가 유난히 선명했다.

한자리에 모인 단원들은 휴센과 눈을 마주치지 못했다.

초점을 잃은 시선이 공중을 연신 배회하는 걸 보며 휴센이 살벌한 표정을 지었다.

"내가 사고 작작 치랬지."

"……우린 잘못 없어."

"이걸 보고도 그런 말이 나와?"

"언제부터 길드가 용병 간의 사적인 다툼에 이런 말도 안 되는 개입을 했는데? 제명하려면 그쪽도 같이 해야지, 우리만 제명하는 게 말이 돼?"

"맞아! 게다가 그 새끼들이 먼저 맞을 짓을 했다고!"

지지 않고 받아치는 말들에 휴센은 이마를 짚었다.

사실 그도 이게 얼마나 말이 안 되는 상황인지는 알고 있었다. 사건의 발단은 얼마 전 일어난 다른 용병들과의 다툼이었다. 한 무리의 용병이 지나가는 그들에게 시비를 걸었고, 그게 결국 몸싸움으로 번졌다.

원래 용병단끼리는 친하게 지내는 경우가 드물다.

거친 성정을 타고난 데다 힘을 과시할수록 추앙받는 구조다 보니 크고 작은 싸움은 흔히 벌어지는 일이었다.

이번 일 역시 그런 수준을 넘어서지 않았다. 샴페인 용병들이 일방적으로 이기긴 했으나 맞은 쪽의 부상이 심하지도 않았고, 불구가 된 사람이 나온 것도 아니었다. 오히려 먼저 시비를 건 탓이니 자업자득이라고도 할 수 있었다.

지난 보드카 용병단과 샴페인 용병단 사이에 일어난 다툼만 해도 보드카 용병단 쪽이 크게 다쳤지만, 그들이 먼저 잘못했기에 샴페인 쪽은 가벼운 경고 조치만 받았다.

그런데 이번 일에서 길드는 샴페인 용병단을 제명하는 것으로 사태를 마무리했다. 잦은 분란을 일으키는 건 그들에게 원인이 있는 것이니 싹을 제거한다는 논리였다.

횡포나 다름없는 결정이었다.

"합리적인 방식? 다수결의 원칙? 지금 우리가 길드에 찍혔다는 걸 모르는 사람이 있어? 같은 편끼리 다 해 먹는데 그게 어디가 합리적이고 공평한 결정이냐고. 아주 작정하고 잘라낸 거지. 개새끼들."

두 손을 꾹 쥔 이릴이 이를 갈았다. 다들 분노로 두 눈이 새빨개진 상태였다. 휴센은 다시금 한숨을 내쉬었다.

지나친 행운은 독이 된다.

현인들이 남긴 조언은 역시 틀린 것이 없었다.

최근 그들에겐 이보다 더 좋을 수가 없을 정도로 좋은 일만 있었다. 내전을 승전으로 이끈 주역으로서 황성에 입성도 해봤고, 황제의 치하와 후한 포상도 받았다. 이 과정에서 황제가 개인적으로 친위대 자리를 제안하기도 했다. 물론 성격에도 맞지 않는 데다가 언감생심 과분한 자리라는 생각에 정중히 거절했지만, 제안받았다는 것 자체로 큰 영광이라는 사실은 변하지 않았다.

황제의 신임을 받은 용병단, 빛나는 승전의 주역들.

지금 수도에서 가장 유명한 용병단이 누구냐고 하면 누구나 샴페인 용병단이라고 답할 것이다.

그러나 정작 길드 안에선 그들의 입지가 오히려 몹시 열악해진 상태였다. 그 배경 또한 이번 내전이 원인이었다.

용병 길드는 본래 중계자에 불과한 역할이다. 용병을 필요로 하는 곳에 소개해 주고 계약을 도우면서 수수료를 받을 뿐, 일에 사감을 섞지 않았다.

이 방침은 용병단이 서로 적대 진영에 속하는 경우에도 그대로 적용되어, 길드에서 마주치지 않게 하는 선 정도의 배려는 해 주지만 기본적으로는 개입하지 않았다.

그러나 이번 내전에서 용병 길드는 그 원칙을 어겼다.

그들은 황제의 승전을 바라지 않았다.

길드에서 가장 큰 세력이자, 길드 마스터와 친분이 깊은 비어 용병단이 대공군과 계약했기 때문이었다.

용병 길드는 그들의 목적을 달성하기 위해 내부에 은근한 압력을 넣었다. 황제군에 들어가려는 용병단을 대놓고 막진 않았으나 언짢은 기색도 숨기지 않았다. 대공군과 계약하는 이들에겐 공공연히 특혜를 베풀기도 했다.

그 결과 상당수 용병단이 대공군과 계약했다.

용병의 숫자만 헤아려 봐도 전세가 한눈에 보일 정도였다.

하지만 결과는 그들의 예상과 전혀 다른 결말을 맺었다. 황제가 이겼고, 길드가 자랑하는 용병단은 패전의 주역이 되었다.

포로로 잡힌 그들을 해방하기 위해 길드에선 막대한 배상금을 치러야 했다. 그렇게까지 나설 필요가 없었지만, 이미 한 배를 탄 신세나 다름없는 길드 마스터는 그들을 모른 척하지 못했다.

사정이 그러하다 보니 그는 역으로 승전의 주역인 샴페인 용병단을 눈엣가시처럼 여기게 됐다.

황제의 눈치를 보느라 몸을 사리는 중에도 그 기색을 숨기지 못할 정도였다. 포로로 잡혔다가 풀려난 용병들도 그들을 불편하게 여기긴 마찬가지다 보니 마주칠 때마다 싸움이 났다.

특히 비어 용병단은 노골적으로 적의를 드러냈다.

이번에 다툰 용병들도 비어 용병단 소속이었다.

이번 샴페인 용병단의 제명 결정은 그간 알음알음 비쳐왔던 길드의 속내를 공언한 셈에 지나지 않았다. 아마 이번 일이 아니었더라도 어떻게든 꼬투리를 잡아 내쫓았을 게 뻔했다.

"근신 처분도 아니고 곧바로 제명부터 하는 게 어느 나라 법이야? 심지어 용병패까지 다 반납하라니, 이건 정도를 넘은 거 아냐? 용병 생활을 아예 그만두란 거잖아."

"제대로 엿 먹어 보라 이거지. 아마 기선 제압일걸. 본부에 찾아가서 적당히 굽히고 들어가면 용병패 반납은 막을 수 있을 거야. 그래도 단 해체는 피할 수 없겠지만."

"먹다 남긴 개불 같은 새끼들. 죽어도 싫어. 차라리 길드를 나오고 말지."

한숨을 내쉬는 쉐리와 마이티의 말에 이어 헤롤이 분노한 얼굴로 투덜거렸다.

휴센은 집게손가락으로 피곤한 미간을 꾹꾹 문질렀다.

"그럼 어쩔 거냐. 용병으로 살려면 길드가 있어야 해. 자유 용병은 마을 안에서 무기도 소지할 수 없고, 신분 보장도 받지 못해. 합법적으로 의뢰를 받을 수도 없어."

"하아, 이럴 줄 알았으면 그냥 친위대 들어갈 걸 그랬네. 기사 작위도 받을 좋은 기회였는데."

"진심이냐, 쉐리?"

"당연히 농담이지. 난 기사 못 해. 주군 바라기가 되어 빡빡한 규칙을 지키며 살아야 하는데 그런 엄격한 생활을 어떻게 해? 용병이 좋아."

"이제 용병도 못 하게 생겼지만."

덧붙여진 한마디에 모두가 그 말을 한 마이티를 노려보았다. 틀린 말 한 건 아니잖아, 찔끔한 마이티가 기죽은 얼굴로 중얼거렸다. 그때 생각에 잠겨 있던 이릴이 고개를 들고 모두를 돌아보았다.

"그냥 우리가 길드를 새로 만들어버릴까?"

"허?"

"뭐 어때. 상인 길드는 지역별로 나뉘고 마법사 길드도 학파에 따라 나뉘잖아. 용병 길드가 두 개로 나뉘지 말라는 법은 없지."

잠시간 방 안이 고요해졌다.

개안한 듯한 모두의 얼굴을 보며 이릴이 의기양양한 표정을 지었다.

"어때? 괜찮은 방법이지?"

"흠, 그게 된다면야 확실히 좋은 방법이긴 하지. 근데 현실적으로 좀 어렵지 않을까?"

그나마 가장 이성적인 휴센이 우려를 표했다. 길드를 세우려면 기본적으로 최소 세 개 이상의 단체가 모여야 하며, 각 단체의 숫자는 열 명 이상이 되어야 했다. 즉 최소 서른 명의 인원이 있어야 한다는 뜻이었다. 이 조건을 채우더라도 일정 기간 국가의 심사를 거쳐야 하는데, 승인 절차가 몹시 까다로웠다.

특히 용병 같은 무장 세력은 지켜야 할 규정이 더 많았다. 우선 소속된 자들은 수도에서 멀리 떨어진 지역에 머물러야 하고, 정기적으로 나라의 감찰을 받아야 한다. 물론 그 기간에는 다른 지역으로 이동하거나 수도에 들어올 수 없었다.

불온 세력이 아니라는 점을 공증하는 절차로 최소 집행 기간만 오 년이었다. 기간 내 활동 내용이 부실하거나 규정을 어기면 심사 기간이 몇 배로 연장됐다.

"일단 사람은 어떻게 모을 건데? 알다시피 완전히 밑바닥부터 시작해야 해. 여기서 쌓은 기반을 다 접고 될지도 안 될지도 모를 일에 최소 오 년은 매달려야 하는데 누가 그런 모험을 하겠어?"

마이티가 고개를 절레절레 흔들며 난색을 표했다.

늘 찬물을 뿌리는 그다운 발언이었으나 이번만큼은 아무도 구박하지 못했다. 누가 들어도 반박할 수 없는 사실이었기 때문이었다.

"그거, 우리가 함께하죠."

그 순간 벌컥— 문이 열리더니 덩치 큰 남자들이 우르르 안으로 들어섰다. 샴페인 용병들이 당황해서 돌아보았다. 모르는 얼굴들 사이에 낯익은 얼굴이 있었다.

씩 웃고 있는 날카로운 인상의 남자.

금패의 용병, 렉스였다.

* * *

"아나, 정말! 다들 속고만 살았나! 진짜 먹을 수 있다니까?"

귓가를 찌르는 고성에 휴센은 퍼뜩 회상에서 깨어났다.

식욕을 돋우는 고소한 기름 냄새가 후각을 한가득 자극했다. 화덕 위에 놓인 고기가 먹음직스럽게 익어가면서 풍기는 향이었다. 그 앞에서 고기를 굽던 헤롤이 사람들에게 한창 역정을 내고 있었다.

"아니 사람 말을 왜 이렇게 못 믿어? 아무렴 내가 먹고 죽을 걸 먹으라고 하겠어?"

"하지만 몬스터잖아."

"이건 해독했다고! 괜찮다니까?"

아직도 저러고 있는 건가. 모르려야 모를 수가 없는 상황에 휴센은 어깨를 으쓱였다. 오가는 대화는 고기를 굽기 한참 전부터 이미 수차례 반복된 내용이었다. 아무리 안전하다고 말해도 사람들은 의심을 거두지 않았다.

휴센은 어쩔 수 없는 일이라고 생각했다.

배틀 피그는 몬스터고, 몬스터 고기는 먹을 수 없다는 게 일반적인 상식이었다. 평생에 걸쳐 학습된 선입견이 말 몇 마디로 쉽게 풀릴 리가 없었다.

결국 헤롤도 행동으로 선보이기로 한 듯했다. 그가 다 익은 고기 몇 점을 입에 집어넣자 끝까지 불신의 눈초리를 하던 사람들이 기겁하여 숨을 삼켰다.

"히익! 진짜로 먹었어!"

"그럼 진짜로 먹지 가짜로 먹나! 자, 봐! 다 먹었다! 멀쩡하지? 안 죽지?"

"괜찮아 보이기는 하는데……."

"정말 괜찮다니까 그러네. 그러지 말고 한번 잡숴봐. 이거 진짜 별미야. 나중에 후회해도 난 모른다?"

갈등의 표정이 깊어졌다. 그래 봤자 휴센은 그들이 오래지 않아 항복할 거라는 걸 알고 있었다. 노숙 생활이 이어진 지도 어느덧 한 달째. 평소 식단은 빈약하기만 했고, 오랜만에 만나는 고기의 향기는 강렬했다.

더구나 헤롤이 직접 먹어 보임으로써 안전성까지 증명한 상태였다. 다른 쪽에서 고기를 굽던 샴페인 용병들도 본격적으로 먹기 시작한 상태라 그리 오래 버티지 못할 게 분명했다.

역시나 시간이 지날수록 사람들의 눈빛이 변하기 시작했다.

침을 삼키는 횟수가 눈에 띄게 늘면서 안절부절못하는 방황의 몸짓이 커졌다. 그리고 마침내 한 남자가 결심을 굳힌 듯 고기를 집어 들었다.

코웰이라는 이름을 지닌, 이십 대 초반의 청년이었다.

칵테일 용병단 소속이었던 그는 단장인 빌트가 휴센과 뜻을 함께하면서 자연스럽게 섞여 들어온 사람 중 하나였다.

"에라, 나도 모르겠다. 난 형씨만 믿는다? 죽으면 귀신이 돼서 저주할 거야."

"거참, 안 죽는다고 몇 번을 말해?"

코웰이 두 눈을 질끈 감고 고기를 입에 넣었다.

그렇게 몇 번 우물거리길 잠시, 곧 그의 눈이 튀어나올 듯이 번쩍 뜨였다. 놀라움을 온 사방으로 표현하는 얼굴을 보고 헤롤이 그럴 줄 알았다는 듯 킬킬 웃었다.

"어때? 맛있지?"

"헐. 이거 뭐야? 무슨 맛이 이래? 미친, 완전 맛있어."

"거봐, 안 먹으면 후회한다니까. 이거 맛보고 우리 한동안 배틀 피그만 찾아다녔다고."

"와씨, 진짜 대박! 와, 이건 미쳤어!"

연신 탄성을 지른 코웰이 곧바로 다음 고기를 집어 들었다. 구경꾼의 구미를 당기기에 넘치도록 충분한 감상이었다. 결국 인내심이 끊긴 사람들이 앞다투어 고기에 달려들었다. 한 점씩 맛을 본 이들이 쟁탈전에 돌입한 건 한순간이었다.

"이건 내 거야!"

"얌마, 코웰! 넌 연장자 대우도 모르냐!"

"꺼져! 고기 앞에 연장자가 어딨어!"

치열하게 다투는 이들에게선 더는 몬스터 고기라는 이유로 망설이던 기색 따위는 찾아볼 수 없었다. 사실 용병이란 존재는 죽지만 않으면 돌도 씹어먹을 수 있는 자들이긴 했다. 하물며 맛있기까지 한 고기를 외면할 이유가 없었다. 우리도 처음 먹었을 땐 딱 저랬었지.

휴센은 먹기 바쁜 이들을 보고 피식 웃었다.

얼핏 주변을 돌아보니 다른 쪽 무리도 고기 쟁탈전을 벌이느라 정신이 없는 중이었다. 얼추 눈에 들어오는 숫자만 헤아려도 마흔은 가뿐히 넘는 숫자였다.

휴센은 이 광경이 문득 새삼스럽다고 생각했다.

어떻게 짐작할 수 있었을까. 불과 얼마 전까지만 해도 이렇게 많은 인원을 이끄는 여정을 하게 될 거라곤 상상도 하지 못했다.

새로운 용병 길드 설립.

설마 하던 그 계획을 정말로 시작하게 됐다.

그걸 가능하게 한 건 빌트 단장이 이끄는 칵테일 용병단이었다. 길드를 세우려면 최소 서른 명이 있어야 하는데, 휴센 쪽이 최대한 모은 인원이라고 해봤자 열다섯 명이 한계였다. 그런데 빌트가 데려온 칵테일 용병단이 그 자체로만 서른 명이 넘었다. 그들이 합류하는 것만으로 새 길드는 어렵지 않게 최소 조건을 갖출 수 있었다.

솔직히 그들이 찾아왔을 땐 많이 놀랐다.

휴센이 기억하기로 그들이 칵테일 용병단과 어울린 건 클모어로 가는 상단 여정에 함께 한 짧은 인연이 전부였다.

당시 원만하게 지내긴 했지만 선뜻 찾아와 힘을 보탤 만한 관계는 아니라고 생각했었다. 샴페인 용병단과 함께 한다는 건 곧 기존의 길드와 척을 진다는 뜻인데 그런 위험을 감수할 만큼 친한 건 아니었으니까.

그런데 알고 보니 그들 역시 길드 마스터의 횡포에 질릴 대로 질린 상태였다는 듯했다. 길드를 나오고 싶어도 차후 대책이 없어서 고민하던 차였는데 때마침 휴센이 새 길드를 만든다는 소문이 퍼지자 동참하기로 한 것이다.

'그리고 그 소문을 퍼트린 게 바로 이 사람이지.'

휴센은 자신의 옆에 앉아 있는 이를 돌아보았다. 우람한 덩치에 단련된 근육, 노련한 세월을 드러내는 날카로운 인상의 남자가 눈에 들어왔다. 누가 봐도 용병으로 보이는 그는 어느새 배틀 피그의 고기를 양손에 쥐고 뜯는 중이었다.

금패의 용병 렉스. 샴페인 용병들이 길드 창설을 고심하기 무섭게 무리를 이끌고 나타나 동참 의사를 밝힌 사내.

실상 휴센이 길드를 세우기로 최종 결심한 것엔 그의 역할이 가장 컸다. 망설이는 휴센을 설득하고 설득해서 실행하도록 독려한 것이 바로 그였기 때문이다.

아마 그가 아니었다면 정말로 길드를 창설하려는 생각 따윈 하지 못했을 것이다. 만약 하더라도 그 시기가 지금보다는 한참 뒤였을 거라는 건 분명했다.

'참 기묘한 인연이란 말이야.'

휴센은 애매한 시선으로 그를 바라보았다. 어쩌다 보니 길드 창설 일원으로 함께하게 됐지만 아마 이번 일이 아니라도 그와는 끊임없이 얽혔을 거란 생각이 들었다.

그때 렉스는 처음부터 샴페인 용병단을 찾아오던 길이었다. 그게 아니라면 그 시점에서 등장할 수가 없었다.

객관적으로 렉스는 가까이 지내기에 나쁘지 않은 사람이었다. 아니, 오히려 행운이랄 수 있었다. 실력이야 말할 것도 없고, 성격도 좋은 편이다. 인망이 있어서 쉽게 사람이 따를 뿐만 아니라 그걸 감당할 통솔력도 있었다.

휴센이나 샴페인 용병들은 실력은 좋을지 몰라도 개인적인 성향이 뚜렷해서 단체 생활엔 걸맞지 않았다. 길드 규모가 커지면 커질수록 앞으로 그의 존재가 더욱 중요해질 것이다.

하지만 그런 점과는 별개로 휴센은 그가 조금 불편했다.

"대장은 안 드십니까?"

바로 이 호칭 때문이었다.

부대장을 맡았을 때야 그렇게 불러도 상관없었다.

하지만 이제 전쟁은 끝났고, 여긴 더는 부대가 아니었다.

심지어 나이와 용병 경력으로는 그쪽이 더 선배였다. 그런데도 그는 늘 휴센을 깍듯하게 대장으로 대우했다. 그만두라고 해도 듣지 않아서 이젠 휴센도 어느 정도 포기한 상태였다.

"큰 힘을 지닌 자는 그만한 사명이 따르는 법이오. 본인이 원하든, 원하지 않든."

어쩌면 예전에 그가 했던 말이 자꾸 생각나서 더 그런 건지도 몰랐다. 결국 팔자에도 없던 길드 설립을 하게 되었으니 예언이 된 거나 다름없긴 했다.

휴센은 뺨을 긁적였다.

"나도 잘 먹고 있소. 고기는 입에 맞으시오?"

"아주 좋습니다. 이게 몬스터 고기라니 먹으면서도 믿기질 않군요. 배틀 피그의 고기가 식용으로 가능하다는 건 도감에서도 본 적이 없습니다. 대체 이런 건 다 어떻게 안 겁니까?"

"동료 중에 이런 정보에 해박한 사람이 있소. 그가 알려줬소."

"그게 누굽니까?"

"이제 여기 없는 이요."

"없다면?"

"떠났소."

담담한 답변에 렉스의 표정이 얼핏 굳었다.

표정을 보니 뭔가 오해를 한 것 같았다.

그러고 보니 일부 지역에선 죽은 이를 언급할 때 떠났다는 식으로 돌려 표현한다고 들었던 것 같았다. "죽었다는 게 아니라 말 그대로의 의미로 떠났다는 뜻이오." 머쓱해진 휴센이 얼른 정정하고서야 렉스의 표정이 편해졌다.

"여기 없는 당신들 동료라면 매튜인가 하는 녀석 아냐? 그 엄청 강한 꼬맹이."

그런데 뜻밖의 곳에서 휴센의 말을 알아들은 이가 나왔다.

그의 옆에서 한창 고기를 먹던 코웰이었다.

과거 상단을 호위할 때 봤던 매튜를 아직 기억하는 듯했다. 사실 외모로나 존재감으로나 잊고 싶어도 잊을 수 없는 인상이긴 했다.

휴센이 선뜻 긍정하는 것에 그는 인상을 찌푸렸다.

"뭐야, 그 꼬마는 왜 떠나? 기존 길드에 남은 거야?"

"아니, 용병을 아예 그만뒀다. 고향으로 돌아갔어."

"헐, 진짜? 금패를 앞두고 있었잖아? 아깝게."

"뭐, 진짜 실력으로 따지자면 금패 정도가 아니지."

헤롤이 중얼거리는 소리가 자연스레 섞여들었다. 그 말에 코웰은 물론 함께 경청하던 렉스의 눈이 크게 떠졌다.

"금패 정도가 아니라니? 뭐야, 그 꼬마가 소드 마스터라도 돼?"

“……후, 이 어리석고 어리석은 중생아. 네가 뭘 알겠느냐. 우리 매튜 님이 얼마나 대단한 존재인지, 하찮고 사소한 넌 죽었다 깨어나도 모를 것이다.”

“뭐래.”

황당해하는 시선에도 헤롤의 표정은 그저 아련하기만 했다. 그 기분을 너무도 잘 아는 휴센은 그저 헛웃음만 삼켰다.

“아무튼 형님들이 아쉬워하겠네. 그 꼬마가 언제 합류할지 학수고대하고 있었는데.”

“너네 형님들이 우리 매튜를 왜 기다리냐?”

“그 꼬마의 열렬한 추종자거든. 싸우는 모습이 예술작품 같다나? 한참 어린 꼬마한테 형님형님 하면서 얼마나 좋아한다고. 엄청 친해지고 싶어 했어.”

“흠, 그럼 용병 관두고 농사지으라고 해. 매튜랑 친해지려면 그게 최고거든.”

“아, 뭐래?”

코웰의 얼굴이 잔뜩 찡그려졌다. 헤롤이 분위기를 파악하지 않은 농담을 한다고 여긴 듯했다. 그게 진실이라는 걸 누구보다 잘 아는 휴센은 이번에도 헛웃음을 삼켰다.

땅의 정령왕은 농부에게 관대하다. 이 땅에 사는 사람 중에서 그 사실을 모르는 이는 없을 것이다. 그 당연한 상식을 알고도 활용하지 못하는 사람은 넘치도록 많을 테지만.

비단 정령왕만이 아니라 모든 절대자의 관여가 그렇다.

그렇기에 행운은 일방적인 은사에 가까운 건지도 모른다.

적어도 자신들에겐 그런 게 분명하다고, 휴센은 속으로 조용히 생각했다. 지금도 그들은 그 은사의 연장선 안에 존재하고 있었다.

2.

출발할 땐 황량하기만 하던 풍경이 어느새 짙푸른 녹음으로 가득해졌다. 차림새가 점점 얇아지고 두꺼운 옷들은 전부 가방 깊숙한 속에 처박혔다. 스치는 공기마다 달콤한 온기를 품었다. 완연한 봄이었다.

그러나 아직도 휴센 일행은 목적지에 다다르지 못한 상태였다. 예상치 못한 난관이 많았던 탓이었다.

"어때?"

"틀렸어. 여긴 길이 완전히 막혔어. 한참 돌아가야겠는데?"

가볍게 주위를 둘러보고 온 헤롤이 설레설레 고개를 저었다.

휴센은 심각한 얼굴로 지도를 살폈다.

지도에선 분명 길이라고 표시된 부분이건만, 무너진 흙과 나무뿌리가 앞을 가로막고 있어 도저히 통과할 곳이 보이지 않았다. 아무래도 지난 장마 때 산사태가 난 모양인데 그 뒤로 보수가 되지 않은 듯했다.

아직 아무도 신고하지 않은 건지, 신고되었는데도 방치 중인지는 알 수 없었으나 어느 쪽이라도 문제였다.

심지어 이런 식으로 길을 선회하는 일이 벌써 수차례였다.

처음부터 지도가 틀리게 표시된 경우는 예사였고, 제대로 표시되었어도 산사태가 나 있거나 다리가 끊겨 있는 등 가지각색의 이유로 앞이 막혀 있었다.

끊긴 다리는 대다수가 노후로 인한 부식이 원인이었다.

휴센으로서는 한 가지 결론밖에 내릴 수밖에 없었다.

“영지 관리가 전반적으로 형편없군.”

“그러게 하필 북부로 오냐.”

지난 배틀 피그 고기 사건 이후로 부쩍 친해진 코웰이 옆에서 가볍게 투덜거렸다.

“이쪽은 거의 유배지잖아. 북부는 영주들도 다들 찢어지게 가난하다고 들었어. 대장, 황제 폐하랑 아는 사이 아냐? 승전 포상도 받았다며. 남부의 부유한 귀족 중에서 소개해주는 사람 하나 없었어?”

스왈트 제국은 계절의 기온 차가 심하지 않은 편으로, 전반적으로 온화한 기후에 해당한다. 여름도 적당히 덥고 겨울도 적당히 추운 축복받은 환경이었다.

하지만 북부만은 달랐다. 북부의 기후는 사계절의 성향이 뚜렷한 데다가 유난히 극단적이었다. 더워지면 찌는 듯이 무덥고 추워지면 살이 에일 만큼 혹독하게 추웠다. 여름엔 태풍과 장마로 인한 홍수가, 겨울엔 눈이 탑처럼 쌓여 전역이 고립되는 일도 잦았다. 전국에서 일사병자와 동사자가 가장 많이 나는 지역이기도 했다. 물론 북부에서만 자생하는 동식물이라거나 그런 기후이기에 누릴 수 있는 장점들도 있긴 했다.

하지만 다른 지역들이 상대적으로 풍요로웠기 때문에 북부는 전체적으로 살기 척박하다는 인식이 있었고, 실제로도 척박했다. 성장 거점으로 삼기엔 적합지 않은 지역이기에 코웰이 불만을 표하는 것도 무리는 아니었다.

휴센은 어깨를 으쓱여 보였다.

"그쪽으로 가라고 했거든."

"누가? 황제 폐하가?"

"뭐, 폐하께서도 같은 뜻이긴 하셨지."

"제발 한 번에 알아듣게 설명해줄 수 없어?"

빌어먹을 화법이라며 얼굴을 왕창 찌푸리는 코웰을 보며 휴센은 머쓱하게 웃었다. 본의는 아니었는데 일부러 말을 돌린다고 여긴 모양이었다.

사실 그로서도 어쩔 수 없는 일이었다. 아직 그 자신도 이 상황을 실감하지 못하고 있으니까.

어쩌면 솔직히 설명해줘도 믿지 않을지도 몰랐다.

"새로운 용병 길드를 만들 생각이라 들었소."

휴센은 언젠가의 대화를 떠올렸다.

이제 막 길드를 만들 결심을 굳히고 동료를 모으던 시점이었다. 앞으로의 일정을 짜느라 고심하는데 그들이 머무는 여관으로 뜻밖의 방문객이 찾아왔다.

황제의 친위대 대장인 케이 드 세리크였다.

본래 백작이었던 그는 이번 내전의 공훈으로 공작 위를 받았다.

황제의 첫 번째 그림자.

자신의 모든 걸 걸고 주군을 살린 충의의 기사.

지금 제국에서 가장 존경받는 사람이라고 해도 과언이 아닌 존재가 부관이나 시종도 없이 홀로 방문할 거라곤 아무도 예상하지 못한 일이었다.

휴센을 비롯한 샴페인 용병들은 크게 당황하며 서둘러 그를 안으로 들였다. 그리고 자리에 앉기 무섭게 건네진 말에 거듭 당황해야 했다.

“벌써 소문이 거기까지 퍼졌습니까?”

“폐하께서 염려하고 계시오. 구체적인 계획은 있소?”

“부끄럽지만 아직 별다른 건 없습니다.”

머리를 긁적인 휴센은 민망한 얼굴을 감추지 못했다.

사실 지금까지 다른 용병 길드를 만들려는 시도가 전혀 없었던 건 아니었다. 마음만 먹으면 서른 명 정도의 규모는 얼마든지 채울 수 있는 조건이었고, 몇 년간의 유배 같은 생활도 타향

살이에 익숙한 용병에겐 크게 문제 되지 않았다. 그런데도 모두가 과정을 견디지 못하고 사라지기 일쑤였다.

가장 까다로운 건 거주지였다.

길드를 정식으로 등록하려면 부지와 건물이 있어야 하고, 그러려면 당연히 지역 영주에게 승인을 받아야 한다.

하지만 그 과정부터가 녹록지 않았다. 대부분 영주가 부지를 내주는 걸 꺼렸기 때문이다. 기존 용병 길드와 쌓은 친분도 있었지만, 심사 기간 동안 나라의 감찰을 받는다는 게 가장 큰 문제였다. 감찰을 받는다는 건 곧 그들이 머무는 지역 전체가 황제의 주목을 받는다는 뜻이다. 중앙을 견제하는 지방 영주들로선 당연히 꺼릴 수밖에 없는 부분이었다.

설령 허가해주더라도 어마어마한 세금을 물리고 이것저것 번잡한 수칙을 강요했다. 버는 것보다 나가는 돈이 많아지니 파산으로 이어지기까진 삽시간이었다.

"여러모로 곤란한 상황이겠군."

"솔직히 말씀드리자면 그렇습니다."

"그래서 말인데요. 공작님의 영지 중에 작은 시골 지역이 여럿 있다고 들었거든요. 염치없지만 신세를 질 수 없겠습니까?"

"야, 인마, 헤롤."

"아, 뭐, 왜. 지금이 체면 차릴 때야? 어떻게든 매달릴 수 있는 건 매달려봐야지."

"맞아, 휴센. 때론 뻔뻔하기도 해야 하는 거야."

이대로는 모든 계획이 시작도 하지 못하고 엎어질 판이었다.

그럴 때 상황을 좌지우지할 수 있는 권력자가 나타났는데 기회를 잡으려는 마음이 생기는 건 당연했다.

휴센도 내심은 같았다. 그래도 민망한 건 민망한 거라 그의 얼굴이 붉게 달아올랐다.

그 모습을 지켜보던 케이가 피식 웃었다.

"뭐, 그거야 어려운 일은 아니긴 하오만."

"헉!"

"그게 정말이세요?"

"하지만 그보다 더 적합한 영지가 있소."

긍정적 반응에 얼굴이 한껏 밝아진 샴페인 용병들이 이어진 그의 말에 의아한 표정을 지었다.

케이가 그런 그들을 지긋이 주시했다.

"국경 밖으로는 야만족의 땅, 안으로는 몬스터 서식지가 널려 있어 병력이 끊임없이 필요한 곳이지. 영주의 역할이 미약해 자경대만으로 근근이 버텨나가는 곳이오. 거기선 까다로운 수칙도 없을 거고, 그대가 길드 규모를 마음껏 늘려도 상관하지 않을 거요."

세상에, 그런 좋은 곳이 있단 말인가?

케이의 영지에 신세를 지는 것보다도 더 좋은 조건이었다.

휴센은 두 번 생각하지 않고 물었다.

"대체 거기가 어딥니까?"

그 순간 고요하던 케이의 눈빛이 날카롭게 빛났다.

"새로운 환경에 적응할 자신 있소?"

그 질문이 왜 이렇게 의미심장하게 느껴졌을까.

하지만 어떤 환경에서든 적응해야 하는 게 용병의 숙명.

샴페인 용병들은 당연히 고개를 끄덕였다.

그리고 잠시 후, 그들은 케이가 그런 질문을 한 이유를 곧 알게 됐다.

씩 웃은 케이가 몸을 일으키곤 방문을 열었다. 그러자 문밖에 있는 줄도 몰랐던 사람들이 안으로 들어섰다. 혼자 온 게 아니었다는 사실도 당황스러운데 그들 모두 친위대 기사들이었다. 그 사이에서 걸어 나온 이가 얼굴을 덮고 있던 후드를 걷었다. 그 안에서 드러나는 말간 얼굴에 샴페인 용병들은 크게 경악했다.

"화, 황제 폐하!"

"다들 오랜만이군요. 잘 지냈습니까?"

대체 황제가 왜 이곳에 나타난단 말인가.

그러나 모두가 심장이 멎을 만큼 놀라든 말든 깜짝 등장한 황제— 이사나는 그저 태연하기만 했다.

샴페인 용병들은 서둘러 한쪽 무릎을 꿇었다.

"황제 폐하께서 어찌 이런 누추한 곳에……."

"놀라게 해서 미안합니다. 본래는 좀 더 여유를 두고 진행할 생각이었습니다만. 일정이 어긋나기 전에 서두를 필요가 있어서요. 절차가 복잡한 곳으로 불러들이는 것보단 차라리 내가 가는 게 나을 것 같더군요. 마침 오랜만에 황궁 밖도 돌아보고 싶었거든요."

"예?"

대답 대신 이사나는 말없이 손짓했다.

그러자 그 옆에 서 있던 기사가 걸어나와 휴센에게 나무함 하나를 내밀었다.

휴센은 의아해하면서도 조심스럽게 나무함을 받아들였다.

그 안에 들어 있는 건 지휘봉이었다. 흑요석으로 만든 듯한 짙은 검은색 바탕의 몸체. 손잡이 부분은 순금과 자석영이, 봉 끝은 투명한 금강석과 자색 루비가 박혀있었다. 한눈에도 값비싼 물건이라는 걸 알 수 있었다. 이런 귀물 종류엔 문외한인 휴센이었지만 그 정체만은 어렵지 않게 알아보았다. '귀족의 인장' 이었다.

스왈트 제국에선 황제가 작위를 서임할 때 지휘봉을 함께 내리는 것이 관례였다. 상징적이지만 신분을 나타내는 가장 확실한 물건이기도 하기에 세간에선 이 지휘봉을 두고 귀족의 인장이라 불렀다. 이 '인장' 의 특별한 점은 계승 받는 작위엔 따로 주어지지 않는다는 점이다. 귀족이라고 해도 아무나 가질 수 없었고, 작위가 있어도 선대로부터 물려받지 못하면 소유하지 못했다. 그런 희소가치 덕분에 귀족의 인장은 집안의 가보가 되는 경우가 많았다. 심지어 일부 귀족들은 지휘봉의 소유 여부를 두고 가문의 정통성을 가리기도 했다.

경매에 나오기만 하면 부르는 게 값인 물건이다 보니 휴센도 몇 번 구경해보긴 했었다. 하지만 그게 아니라도 그 정체를 의심하지 못했을 것이다. 검은색과 붉은색과 보라색은 제국의 삼권을 상징하며, 아무 데나 함께 쓰지 못하게 되어 있었다. 삼색을 넣는 것이 허락된 지휘봉은 귀족의 인장이 유일했다.

'그런데 왜 갑자기 이걸 보여주시지?'

눈앞에 있는 지휘봉은 지금까지 그가 봤던 그 어떤 귀족의 인장보다 화려해 보였다. 그만큼 귀한 신분에게 내려지는 것이라는 의미였다. 귀한 구경을 한다고 생각하면서도 휴센은 속으로 의아했다. 그때쯤 기사들이 이번엔 여러 두루마리를 펼쳐 보였다. 각각 어느 지역을 표시한 지도와 관련 부동산 장부들로 보였다. 다시금 휴센의 머릿속에 물음표가 가득해지려는데 이사나의 말이 이어졌다.

"바이칼이라는 곳입니다. 북부 국경를 끼고 있는 넓은 영토죠. 비옥토는 아닙니다. 오히려 척박한 영지일 겁니다. 이렇다 할 특산물도 없어 형편이 넉넉하지도 않습니다. 하지만 무사가 성장하기엔 좋은 땅이죠. 한때는 공작령이었는데, 나라에 환수된 이후로 오랫동안 영주가 없었습니다."

"예……?"

"휴센 그대를 그 지역의 영주로 봉(封)하며, 공작 작위를 내립니다."

"……예?"

"정식 서임식은 길드 심사 기간이 끝난 후에 다시 하지요. 본인의 영지이니 지부와 건물 문제는 간단히 해결할 수 있겠군요. 과한 세금을 징수 받을 일도 없을 테고요. 아, 귀명(貴名)이 필요하겠네요. 원하는 이름이 있습니까? 없다면 내가 생각해둔 이름을 함께 내릴까 하는데요."

"자, 잠시만요, 폐하. 잠시만 기다려주십시오. 이게 다 무슨 말씀이신지 잘……."

아까부터 귓가에 쏟아지는 말들이 하나같이 이해할 수 없는 것뿐이었다. 눈을 뜬 채 꿈이라도 꾸는 건가 싶어서 휴센은 멍하니 일행을 돌아보았다. 그러나 그들 모두 넋 나간 얼굴인 게 제 반응과 크게 다르지 않아 보였다. 아무래도 잘못 들은 건 아닌 것 같았다.

휴센은 마른 침을 삼키며 이사나를 똑바로 바라보았다. 무엄하다는 건 알았지만 그럴 수밖에 없는 상황이었다. 그 반면 모두를 충격에 빠트린 장본인은 그저 태연하기만 했다.

"날 도운 공헌에 대한 포상입니다."

"포, 포상이라면 이미 받았습니다만?"

"금괴 열 덩이 말이죠. 설마 그게 전부겠습니까? 그때도 약식으로 내리는 것이라고 말했던 것 같은데요."

그랬던가.

그 당시엔 너무 긴장해서 누가 무슨 말을 하는지도 몰랐다.

나중에 숙소로 돌아오고 나서야 금괴를 받았다는 걸 인지했을 정도였다. 하지만 들었다 해도 잘못 들은 거라 여겼을 것이다.

 고작해야 용병에게 내리는 포상이다.

금괴 열 개를 약식이라 여길 사람이 누가 있겠는가.

오히려 당시 그들은 너무 과한 포상을 받은 거 아니냐며 호들갑을 떨었다.

"진짜 내리려고 했던 건 이겁니다. 좀 더 서두르려 했지만, 지휘봉을 완성하는 데 시간이 걸리더군요."

그렇기에 지금 눈앞에서 반짝이는 귀족의 인장이 더더욱 비현실적으로 보였다.

심지어 그걸로 끝이 아니었다. 이사나가 다시 손짓하자 기사들이 이번엔 나머지 샴페인 용병들에게 나무함을 하나씩 건네주었다. 그 안에도 지휘봉이 들어 있었다. 휴센의 것과 재질은 달랐으나 모두 귀족의 인장이었다.

"그대들에겐 자작의 작위와 저택을 하나씩 내립니다. 봉토는 따로 없지만 전승 작위이니 쓸 만은 할 겁니다."

아니, 이게 어디 쓸 만하다 뿐인가.

휴센은 아찔한 머리를 흔들며 어떻게든 정신을 다잡으려 애썼다. 충격적인 상황을 너무 연달아 겪었더니 조금만 방심하면 그대로 졸도할 것만 같았다. 다행인지 불행인지 그 혼자만 이런 상태인 건 아니었다. 다들 숨이 넘어갈 것 같은 얼굴로 돌아보고 있었다. '이런 미친!', '이걸 어떡해?', '난들 알겠냐!' 무언의 시선이 바쁘게 오가며 서로 간절한 의사를 표명했다.

그들은 곧 너나 할 것 없이 무릎을 꿇고 고개를 숙였다.

"폐하, 부디 거두어 주십시오. 저희는 이런 귀한 자리를 감당할 그릇이 안 됩니다."

가난한 평민으로 태어나 평생 용병으로만 살아온 세월이었다. 귀족이 되는 건 상상도 하지 못했고 될 마음도 없었다. 하물며 고위 귀족이라니, 말도 안 되는 지나친 영예였다. 새로운 길드를 꾸리는 걸 결심하기까지도 숱한 고민의 시간이 필요했다. 모름지기 사람은 제 분수를 알아야 평탄한 법이었다.

그들이 모두 개구리처럼 납작 엎드리자 주위가 잠시간 고요해졌다.

무거운 침묵을 먼저 깬 쪽은 이사나였다.

그가 가볍게 한숨을 내쉬었다.

"그래요. 이럴까 봐 개인적인 자리로 마련한 겁니다."

"폐, 폐하."

"친위대도 싫다, 작위와 영지도 싫다. 내가 주려는 걸 자꾸만 거절하는군요. 그거 압니까? 황제가 내리는 걸 거절하는 것도 불충입니다."

떨어지는 목소리가 한층 낮아졌다. 샴페인 용병들은 숨을 쉬는 것도 잊은 채 굳었다. 거절도 지나치면 상대의 기분을 무시하는 것이고, 역량을 의심하는 것이 된다. 하물며 황제가 내리는 걸 거절한다는 건 있을 수 없는 일이었다. 이대로 감옥에 끌려가는 걸까, 짧은 시간 온갖 불길한 상상이 다 일었다. 그 혼란한 생각이 표정에도 고스란히 드러났다. 하얗게 질리는 얼굴들을 보고 이사나가 다시금 한숨을 내쉬었다.

"내가 악당이 된 것 같군요. 겁박하려 한 말이 아니니 그리 겁먹을 것 없습니다."

"화, 황송합니다."

"그대들은 겸손한 성격이죠. 작위를 내리면 부담스러워할 거라는 건 이미 짐작한 일입니다. 하지만 세상엔 의기와 실력만으로는 해결되지 않는 일들이 더 많습니다. 지닐 수 있는 보루는 최대한 만들어두는 게 좋아요. 이건 그대들이 누구보다 더 잘 알고 있겠지만 말입니다."

그건 부정할 수 없는 사실이었다. 길드에서 쫓겨난 일만 해도 그들이 힘이 없기에 당한 일이었다.

황제가 여전히 든든한 뒷배로 존재하는 줄 알았다면 길드 마스터도 이렇게 쉽게 그들을 내쫓진 못했을 것이다. 세상에선 권력의 힘이 전부였다. 육체의 힘이 아무리 강해도 신분제 앞에선 무용지물이 되기 마련이었다.

그런데도 샴페인 용병들은 망설였다.

그 이유를 짐작한 이사나가 쓰게 웃었다.

"용병 생활을 청산하라는 게 아닙니다. 원한다면 지금처럼 살아도 무방합니다."

"……예?"

"끝까지 용병으로 남고 싶다면 그것도 나쁘지 않겠죠. 그대들이 작위를 받았다는 건 나와 몇 사람만이 아는 일이 될 겁니다. 작위는 필요할 때만 활용하세요. 물론 중간에 마음이 바뀌어서 귀족의 삶을 택해도 상관없습니다. 어떤 방식으로든 편하게 결정해도 괜찮습니다."

즉, 작위는 갖고 있되 귀족의 의무를 다하지 않아도 된다는 허가였다.

샴페인 용병들은 입을 멍하니 벌렸다.

이런 파격적인 조건은 생각해 본 적도 없었다.

사실 머뭇거리던 가장 큰 이유가 이것이었다. 그들은 용병이 좋았다. 거칠고 단순하나 그만큼 허례허식이 없고 번잡스러운 게 없는 삶이었다. 자유분방한 그들에게 무엇보다 잘 어울렸다. 귀족의 삶이 아무리 부유하고 안락하다 한들 지금보다 만족스럽진 않을 게 분명했다. 그래서 황제가 내리는 상도 달갑게 받을 수가 없었다.

그런데 그대로 살아도 된다고 한다.

필요한 때만 작위를 활용해도 상관하지 않겠다고 했다.

거절하려던 마음이 처음으로 크게 흔들렸다. 황제의 말처럼 보루가 될 만한 건 최대한 가지고 있을수록 좋았다. 누구라도 이런 제안을 받는다면 거부할 수 없을 터였다.

"어째서 그렇게까지……."

"왜인 것 같습니까?"

빙긋 웃은 이사나가 되물었다.

가벼운 말투였지만 결코 무시할 수 없는 무게였다.

어떻게 반응해야 할지 알 수 없던 샴페인 용병들은 서로 눈치를 보았다. 이사나 역시 아무런 답을 내리지 않았다. 그는 그저 여전히 뻣뻣하기만 한 그들의 모습을 가만히 바라보기만 했다. 무슨 생각을 하는지 알 수 없는 시선이 그들 하나하나를 천천히 훑었다.

그저 바라보는 걸 수도 있겠으나 시선을 받는 당사자들은 그걸 태연히 여길 수 없었다. 심장이 몹시 기분 나쁜 울림으로 두근거렸다. 이러다 왈칵 토해낼 수도 있을 것 같다고 여겨질 무렵이었을까. 후우— 나직하게 들려오는 한숨 소리에 샴페인 용병들은 움찔 어깨를 떨었다. 이번에야말로 날벼락이 떨어지겠구나, 어쩌면 정말로 감옥에 끌려갈 수도 있겠구나 싶었다.

하지만 다음으로 드러난 이사나의 모습에 그들은 당황할 수밖에 없었다. 난처한 듯 깊은숨을 내쉰 그는 어딘지 슬픈 듯한 표정을 짓고 있었다. 마치 의지할 곳을 잃어버린 어린아이처럼.

"내가 그대들과의 끈을 잃고 싶지 않아서 그런 겁니다."

그 쓸쓸한 얼굴에 처연한 미소가 걸렸다.

"이렇게 말해도 안 되겠습니까?"

어쩌면 황제에게 모르던 이능이 있던 게 아닐까.

정신을 차렸을 땐 모든 일이 전부 끝나 있었다.

황제 일행이 떠난 후에도 여전히 남아 있는 나무함을 바라보며 휴센은 신음을 흘려야 했다. 안에 들어 있는 귀족의 인장도, 관련 장부들도 전부 그대로였다. 그 모두가 하루아침에 바뀐 그들의 신분을 고스란히 증명하고 있었다. 이젠 어떤 말로도 돌이킬 수 없었다. 마치 무언가에 단단히 홀리고 난 기분이었다. 떠나기 전 이사나가 알려준 뜻밖의 진실 역시.

"아참, 봉토를 북부로 정한 건 어느 분의 조언에 따른 겁니다."

"네?"

"그분이 그렇게 해달라 하시더군요. 그 땅에서 시작하는 게 여러모로 도움이 될 거라고 하셨습니다. 나 또한 그분과 같은 의견입니다."

"대체 누가……."

"그대들도 잘 아는 분입니다. '한때 그대들의 동료였던 이' 라고 말하면 이해할 수 있을까요?"

물론 당연히 이해했다. 한때 그들의 동료였으며 황제가 존칭할 만한 받는 존재라면 단 하나밖에 없었으니까.

그러기에 그는 확신할 수밖에 없었다.

이 여정은 관대한 땅이 내린 은사에 속해 있노라고.

'이런 꿈같은 이야기를 누가 믿겠어.'

휴센은 고개를 절레절레 저었다.

다시 생각해도 코끝이 찡해지는 기분이었으나 아직 다른 동료들에겐 사실을 밝힐 마음의 준비가 되지 않았다.

아마 평생 말할 수 없을지도 몰랐다.

"그곳으로 가라고 조언한 이가 있었던 거군요? 바이칼로 정하다니, 과연 대장이다 싶었는데 말입니다."

때마침 렉스가 대화에 끼어들면서 시선이 환기되었다. 그 말에서 묘한 어조를 읽어낸 휴센이 의아한 눈길을 보냈다.

"그게 무슨 뜻이오?"

"몰랐습니까? 용병 길드가 처음 창설된 곳이 바로 바이칼입니다."

"……!"

"하긴 이런 얘기를 아는 사람은 별로 없죠. 저도 일부러 찾아보지 않았다면 몰랐을 겁니다. 이백 년 전쯤이군요. 용병왕 아칸서스가 바이칼에서 최초로 용병 길드를 세우고 그곳에서 여생을 마감했죠. 지금의 용병 길드 체계도 다 거기서 만들어진 그의 작품입니다. 정작 지금 그곳엔 지부도 남아 있지 않지만요."

그 말에 휴센만이 아니라 근방에 있던 모든 이가 술렁거렸다.

용병 길드를 설립한 이가 용병왕 아칸서스라는 건 익히 잘 알려진 사실이나 나머진 금시초문이었다. 세간에 공개된 길드 최초의 본부가 세워진 곳은 동부에 있는 마레아 영지였다. 상황에 따라 본거지를 옮기는 거야 있을 수 있는 일이지만 최초로 설립한 지역은 기념비적인 의미로라도 남겨 두는 편이기에 흔적을 완전히 지우는 경우는 흔치 않았다. 하물며 초대 마스터인 아칸서스가 여생을 보낸 곳인데 지금까지 알려지지 않았다는 사실이 의아했다.

이에 관해 렉스는 뜻밖의 사실을 알려주었다.

"종반에 아칸서스와 길드 간부진의 사이가 틀어졌거든요. 그들끼리 의기투합해서 나가고 그곳을 새로운 본부로 삼았죠. 좀 더 파고들어 봤는데 당시 간부진들이 아칸서스를 배신한 것 같더군요. 그가 평생 모은 재물이며 부지며 전부 다 빼돌리고 암살까지 하려 한 것 같습니다. 죽이진 못했으나 당시 아칸서스가 인사불성이 되었다는 기록은 있었습니다."

"……그렇군."

"결국 지금 용병 길드는 배신자들로부터 이어졌다는 소리죠. 전 대장이 이 사실을 다 알고 일부러 바이칼로 정한 건 줄 알았습니다."

"전혀 몰랐소. 지금 처음 듣는 이야기요."

"그럼 조언한 사람에게 현안이 있던 거군요. 바이칼로 가기로 한 건 잘한 결정입니다, 대장. 당시 아칸서스를 따르던 이들도 모두 그곳에서 여생을 마감했다고 들었습니다. 그 후예가 지금도 그 땅에서 살고 있을 겁니다."

휴센의 눈이 깊어졌다.

최초의 용병 길드가 세워진 곳이라는 것만으로도 의미가 깊은데, 동시에 첫 마스터의 유지가 남은 유일한 땅이었다.

그 지역에서 시작한다는 것만으로 새 길드는 정통성을 얻을 것이다.

'매튜, 너는…….'

그는 무심코 주먹을 쥐었다.

왜 그들이 굳이 북부로 가야 하는지, 뜻을 알 수 없는 지시에 한 번도 의문을 품어 본 적은 없었다. 아마 별다른 이유가 없었던 거였어도 신경 쓰지 않았을 것이다.

하지만 이렇게까지 명확한 깨달음을 얻고 나니 진정하기 힘들 만큼 가슴이 벅차올랐다.

"그대들이 만들어 갈 새로운 용병의 역사, 기대하겠습니다."

황제가 마지막으로 남기고 간 목소리가 아직도 귓가에 선명히 울리는 듯했다.

눈이 마주치는 샴페인(이제는 전(前)이라고 표현해야겠지만) 용병마다 비슷한 표정을 짓고 있었다. 그들 모두 같은 비밀을 품은 공범들이었다.

"어깨가 정말 무겁군."

"왜 아니겠어."

씩 마주 웃은 이릴이 그의 어깨를 가볍게 두드렸다.

휴센은 다시금 마음을 다잡았다. 그가 바라보는 시야에서, 모두의 어깻죽지에 날개가 달린 듯했다.

어디까지든 날아오를 수 있을 거대한 비상의 날개였다.

3.

여름이 가까워져서야 휴센 일행은 목적지인 바이칼에 도착했다. 당초에 예정했던 일정보다 두 달을 넘어선 시점이었다.

"멈춰라. 어디서 온 자들인가?"

성문 입구에 이를 때쯤 병사들 몇이 그들 앞을 막아섰다.

무장한 무리가 접근한 탓인지 날 선 시선에 긴장감이 감돌고 있었다. 휴센이 얼른 앞으로 나섰다.

"저흰 수도에서 온 용병들입니다. 이곳에 길드를 세울 부지를 알아보러 왔습니다."

"용병 길드?"

황당해하며 되묻던 병사들이 곧 딱하다는 시선을 보냈다. 마치 도전하지 못할 산에 오르러 간다는 말을 듣기라도 한 듯한 얼굴이었다. 그동안 휴센도 마찬가지로 병사들을 살폈다. 무장하긴 했으나 차림이 무척이나 단출했다. 검을 비롯한 장비들도 썩 쓸 만해 보이진 않았다. 수도에선 하급 용병들도 안 차고 다닐 수준이었다. 게 중 그나마 가장 좋아 보이는 검을 찬 중년의 병사가 말했다.

“우린 바이칼의 국경 수호대다. 너희처럼 무장한 단체를 아무런 검증 없이 마을 안으로 들여보낼 순 없다. 일단 대표할 몇 명만 나오도록.”

휴센이 앞으로 나서자 렉스와 헤롤이 자연스레 따라나섰다. 그들을 다시금 딱하다는 시선으로 훑어보던 병사가 마을 안쪽을 향해 턱짓했다.

“따라와라. 관청으로 안내하겠다.”

그의 뒤를 따라 걸으면서 휴센은 유심히 주변을 돌아보았다. 이곳으로 오는 내내 익히 예감한 바였지만, 마을의 모습은 몹시 형편없었다. 의외로 제법 큰 편이긴 했으나 낡고 추레한 건물이 대부분이었고 제대로 된 길도 나 있지 않았다. 그나마 닦아둔 길도 멀쩡한 것보다 정비되지 않은 부분이 더 많았다. 가난한 영지에서 흔히 볼 수 있는 전형적인 풍경이었다.

스쳐 지나가는 주민들의 시선엔 경계심이 서려 있었다. 황급히 창문을 닫는다든가, 눈이 마주칠세라 서둘러 시선을 피하는 모습에선 외지인에 익숙지 않은 태도가 확연했다. 꽤 오랫동안 고립된 지역이라는 걸 알 것 같았다.

“딱히 돈 벌기 좋은 영지는 아니지. 그렇지 않나?”

문득 병사가 물었다.

휴센은 조금 당황하다가 어깨를 으쓱였다.

“왜 그런 걸 묻는지 모르겠군요.”

"능청을 떠는군. 솔직하게 말해도 괜찮다. 누가 봐도 가난한 영지인 건 맞으니까. 하지만 그렇다고 자네들이 눌러앉기 편할 거라 착각하면 곤란해."

"그게 무슨 말이요?"

헤롤이 얼굴을 찌푸리고 물었다.

"아까 우리를 유심히 보던데, 여기가 꽤 만만한 영지라고 생각했을 테지?"

"뭘……."

"수호대라고 해봤자 인원도 적고 장비도 형편없지. 부족한 인력은 자치대에 의존해서 돌아가는 구조다. 수도에서 온 자네들이 보기엔 형편없는 치안이겠지. 이런 사정을 가진 영지에 용병대가 들어온다면 보탬이 될 테니 반기리라 여기진 않았나?"

발끈하려던 헤롤이 입을 다물었다. 휴센과 렉스도 별다른 대꾸를 하지 못했다. 내심 그런 생각이 있던 건 사실이었으니까.

병사가 그럴 줄 알았다는 듯 피식 웃었다.

"바로 그게 착각이라는 거다. 자네들 같은 생각을 가지고 찾아온 용병대가 이전에도 곧잘 있었지. 하지만 이곳 바이칼의 주민은 용병을 별로 좋아하지 않아. 그들 모두 몇 달을 버티지 못하고 쫓겨났다."

"……."

"관청에서 과연 부지나 내줄까 모르겠군. 황제 폐하의 직할령이니 영주가 직접 관할하는 영지보다 느슨할 거라 생각하는데 사실은 오히려 그 반대거든. 게다가 최근엔 영주가 생긴다는 소문이 있어서 경계를 더 강화한 상태고 말이야. 어쩌다 이런 곳까지 흘러들어온 건지는 모르겠지만 미리 충고는 해주지. 너무 기대하지는 않는 게 좋을 거다. 어차피 안 될 테니."

그 말은 충고라기보다는 엄포를 놓는 것에 가까웠다.

제 할 말만 마치고 걸어가는 병사를 바라본 렉스가 휴센에게 염려의 시선을 보내왔다.

"괜찮겠습니까?"

"에이, 당연히 괜찮지. 아재, 걱정 마요."

헤롤이 태평하게 대꾸했다.

물론 휴센 역시 전혀 걱정하지 않았다.

그에겐 이 모든 상황을 단숨에 해결할 마법의 열쇠가 있었으니까.

"확실하군. 영주의 직인이야."

서류를 전부 살펴본 관료가 고개를 끄덕였다.

순조롭게 최종 승인 허가서를 받아든 휴센은 만족스럽게 웃었다. 미리 관련 서류를 준비해온 건 잘한 결정이었다. 물론 그의 머리에서 나온 생각은 아니었다. 평범한 용병으로 살고자 하는 휴센을 위해 황제가 믿을 만한 사람을 영주 대리로 붙여주었는데, 바로 그가 해준 조언이었다.

"이래서 걱정하지 말라고 했던 거군?"

"뭐, 그렇죠."

감탄한 기색을 숨기지 못하는 렉스에게 헤롤이 한쪽 눈을 찡긋해 보였다. 힐끗 살펴본 수호대 병사는 멍하니 입을 벌리고 있는 상태였다.

"안 그래도 얼마 전 황실에서 공문이 내려온 참이었네. 이곳에도 영주가 생긴다고 다들 신기해하는 중이었지. 조만간 대리인이 올 거라 들었는데 그보다도 자네들이 먼저 도착했군. 영주로서 하시는 첫 일이 새 용병 길드에 부지를 내주시는 거라니. 어떤 분이신지 궁금해지는걸?"

관료의 얼굴엔 흥미와 기대감이 가득했다.

그 본인이 바로 앞에 있다는 말은 차마 할 수가 없었던 휴센은 그저 머쓱히 웃기만 했다.

이후에도 부가적인 서류를 작성하는 등, 몇 가지 절차가 더 남아 있긴 했으나 딱히 곤란한 문제는 없었다. 이윽고 모든 일을 끝마친 그들은 홀가분하게 관청을 나설 수 있었다.

그런 그들을 바라보는 병사의 표정이 묘했다.

"이거 참, 의외의 능력이로군. 새 영주와 친분이 있었나?"

"그런 셈입니다."

누구보다 잘 아는 관계이긴 하니 딱히 거짓말은 아니었다.

병사의 표정이 더 묘해졌다.

"듣자니 공작이시라 하던데……."

"네, 맞습니다."

"허, 그런가. 그럼 정말로 바이칼이 공작령이 된 거군. 공작님의 존함은 어찌 되시나?"

"아, 그게…… 아우레스 공작이라 알고 있습니다."

'아우레스'는 작위와 함께 이사나가 내린 그의 새 이름이었다. 아직 낯설기만 한 이름을 직접 입에 담으려니 민망했지만 휴센은 애써 태연한 낯을 유지했다.

"귀에 익은 이름은 아니군. 새로 받으신 이름일 수도 있겠어. 이번 내전 이후로 작위를 새로 받은 귀족이 많으니 그중 한 분일 수도 있겠군."

"네, 뭐……."

"하긴 어느 분이든 아무래도 상관없겠지. 영주가 생긴다 해서 마을이 얼마나 달라지겠나. 보아하니 직접 내려오진 않으시고 대리인만 보내시는 것 같던데. 영지 일엔 그리 관심 없으신 분 같군."

이번에야말로 휴센은 대답할 말이 없었다. 용병의 삶을 택한 그는 확실히 영지 일엔 관심이 없었으니까. 그게 틀렸다고 여긴 적은 없었는데 내심 양심이 아파 왔다.

생각했던 것보다도 더 형편없는 영지 환경을 본 탓인지도 몰랐다.

"어쨌든 예선을 쉽게 통과한 걸 축하하지. 본선에선 얼마나 선전을 거둘지 모르겠지만 말이야."

"본선?"

"말했잖나. 이곳 주민들은 용병을 싫어한다고. 특히 길드라면 무조건 반기지 않을 거다. 설마 부지를 얻었다고 해서 다 되었다고 여긴 건 아니겠지?"

병사의 표정이 다시 거만해졌다.

영주를 뒷배로 뒀다는 사실에 잠시 주춤하긴 했으나 기존의 생각은 여전히 변하지 않은 듯했다.

"얼마나 버틸지는 모르겠다만, 부디 지내는 동안 사고는 치지 않길 바라지. 형무소 위치가 오크 서식지와 가깝다는 건 알고 있나? 굶주린 오크들이 가끔 배를 채우기 위해 찾아오곤 하지."

악담에 가까운 말을 퍼부은 후 병사는 껄껄 웃으며 떠났다.

휴센 일행은 황당해하는 표정으로 서로를 바라보다 어깨를 으쓱였다.

"제법 텃세가 있어 보이지?"

"그러게."

주고받는 대화에 걱정의 기색은 없었다.

본향을 등지고 내려온 만큼 텃세는 이미 각오했던 바였다.

병사의 태도에 기분이 상하긴 했으나 첫 단추를 무사히 채웠다는 성취감을 이기진 못했다.

오히려 그들의 가슴을 가득 채운 건 새로운 시작을 알리는 설렘뿐이었다.

4.

'너무 낙관적이었던 걸까.'

그로부터 한 달 후, 휴센은 시름에 잠긴 채 생각했다.

한 달은 '본선'의 위대함을 처절하게 실감하기 충분한 시간이었다. 불편한 기색을 숨기지 못하던 수호대 병사들이 그나마 호의적인 편이었다는 건 이미 일찌감치 깨달은 참이었다.

주둔 허가를 받은 다음 날부터 새 길드는 적당한 건물을 매입하고 본격적인 영업 준비에 들어갔다.

마스터는 휴센, 부 마스터는 렉스.

주 간부진은 샴페인 용병들과 빌트가 맡기로 했다.

기존 용병 길드와 겹치지 않기 위해 지어진 이름은 '자유 용병 길드'였다.

그 이름처럼 새 길드의 방침은 자유로웠다. 시험을 치러 가입하는 방식이던 기존 길드와는 달리 경력자든 초심자든 용병이라면 누구나 가입할 수 있었고, 지원도 받을 수 있었다. 기존 길드보다 수수료도 저렴했다.

새 길드는 처음부터 욕심을 부릴 생각이 없었다. 소소한 일감을 받아가며 몇 년 정도의 기간을 두고 천천히 지역에 융화할 예정이었다.

황제가 처음부터 언급한 바대로 바이칼은 병력이 끊임없이 필요한 곳이었다. 가까이로는 몬스터의 서식지만 여러 군데였고, 국경을 사이로 둔 야만족의 습격도 잦았다. 아무리 텃세가 심하다 해도 실질적으로 필요한 도움을 마다하진 않을 거라 여겼다. 실제로 경비대 쪽에서는 우호적이진 않아도 그들을 거부하는 분위기는 아니었다.

그런데 주민들의 반응이 예상보다도 더 적대적이었다.

눈이 마주치기만 해도 오물이라도 되는 것처럼 피하고, 수시로 욕설이 날아들었다. 길드 간판이 사라지거나 망가져 있는 건 부지기수. 상인들이 거래도 거부하는 통에 생필품을 구하는 것조차 힘든 처지였다. 다행히 이런 사정을 잘 아는 관청 쪽에서 식료품을 일부 매입해준 덕에 아직까진 근근이 버텨 나가고 있었지만 계속 이렇게 지낼 수는 없었다. 소지하고 있는 자금도 곧 떨어질 것이다. 무언가 이 사태를 타개할 만한 방법이 필요했다.

"관청 쪽에선 길드가 몬스터 토벌에 협력해주길 바랍니다. 자치대 쪽에서도 일손이 절실한 것 같더군요. 고용비를 들더니 내심 반기는 느낌이었습니다. 하지만 주민들 반응이 너무 좋지 않아서 선뜻 나서지 못하는 것 같습니다."

"용병을 아예 안 쓰는 건 아닌 것 같은데, 예전부터 용병들이 마을에 주둔하는 건 꺼렸던 모양이야. 위급한 시기에 단기 고용만 했고 그마저도 성문 밖에 거처를 따로 두게 했나 봐. 그런데 아예 길드가 세워진다니 입에 거품을 무는 거지."

마을을 돌아보고 온 렉스와 이릴이 관련 사항을 보고할 때마다 휴센의 한숨은 깊어져 갔다.

처음 용병단을 만든 이후로 지금까지 수많은 위기와 고초를 겪었다고 자부하던 그였다. 하지만 그 험난한 시절에서도 이런 식으로 무조건 거부당한 경험은 없다 보니 자신감이 크게 떨어졌다.

고초는 그것만이 아니었다. 북부의 악명 높은 여름 기후도 길드원들을 지치게 하고 있었다. 본격적으로 시작된 불볕더위는 상상을 초월했다. 휴센은 암탉이 달걀을 품지 않아도 저절로 부화할 수도 있다는 걸 이곳에 와서 생전 처음 알게 됐다. 이렇게 더운데 겨울엔 얼어 죽을 만큼 추워진다니 참 여러모로 적응하기 힘든 곳이었다. 그렇다고 시작한 일을 포기할 수도 없었다.

"우선 지역 주민들과 친해져야겠어."

"한동안 무료 봉사를 다니는 건 어떻습니까? 길을 정비한다든가, 건물 보수를 돕는다든가."

고심하던 빌트가 조심스럽게 운을 뗐다.

그러나 그에 반응하기도 전에 헤롤이 먼저 고개를 저었다.

"소용없을걸요. 그거 내가 이미 시도해봤거든. 지붕 안쪽에 거미줄이 더럽길래 치우고 있는데 웬 할아범이 기겁하면서 빗자루로 후려 패던데?"

"그건 헤롤을 몬스터로 착각한 거 아냐?"

"그렇게 나오기냐, 쉐리?"

"푸하하! 뭐, 틀린 말은 아니네. 너 예전에도 오거로 오해받은 적 있잖아. 무섭고 거대하게 생긴 놈이 어슬렁거리면 나라도 놀라겠다."

"아씨, 태어나길 이렇게 태어났는데 어쩌라고!"

다투기 시작한 마이티와 헤롤을 내버려 둔 채로 휴센은 다시금 머리를 부여잡았다.

꽤 좋은 방법이라고 생각했는데 아무래도 이것도 틀린 모양이었다. 선행조차 통하지 않는다니, 이쯤 되니 이렇게까지 거부하는 이유가 뭔지 알아내기 위해서라도 물러서질 못할 것 같았다.

그때 바깥쪽이 소란스러워지더니 길드원들이 안으로 우르르 들어섰다. 그들 사이에서 유난히 높은 목소리들이 선명했다.

"악! 아파요!"

"이거 놔요!"

"얌전히 있어!"

시끄러운 소리에 돌아본 휴센이 의아한 표정을 지었다.

웬 아이들이 뒷덜미가 붙잡힌 채 끌려오고 있었다. 다들 십대 초반으로 보였다.

"무슨 일이지? 그 애들은 뭐고?"

"마스터, 이 녀석들 좀 보십쇼. 간판을 훔치던 범인을 잡았습니다."

"뭐?"

한 길드원이 시커멓게 그을린 나무 조각을 내밀었다. 오늘 아침에 사라진 길드 간판이 분명했다. 눈을 크게 뜨는 휴센에게 길드원들은 아이들이 마을 어귀에서 남몰래 태우고 있던 걸 발견하고 현장에서 붙잡았다고 설명했다. 휴센은 타다 만 간판을 쓰린 눈으로 살피다 아이들 쪽을 돌아보았다.

"왜 이런 짓을 했지?"

"이곳에 용병 길드는 못 세워요."

"뭐야, 인마?"

당돌한 답변에 길드원들이 눈초리가 사나워졌다. 대꾸한 건 가장 덩치가 큰 소년이었다. 아마도 이 무리의 대장으로 보이는 소년은 기죽은 듯한 다른 아이들과는 달리 전혀 겁먹은 얼굴이 아니었다.

강단이 제법 센 듯 험악한 시선을 온몸으로 받으면서도 기세가 조금도 굽히지 않았다.

"우리 마을은 용병을 싫어해요. 용병은 배신을 밥 먹듯이 하는 족속이잖아요. 신뢰할 수 없는 사람들이 이곳에 터를 잡는 건 반대예요."

"헛 참, 누가 그래? 그거 다 편견이야."

"맞아! 용병은 신용을 가장 생명으로 여긴다고!"

"네가 용병에 대해 뭘 알아?"

사방에서 왁왁거리며 항의가 쏟아졌지만 소년은 굴하지 않았다.

"아무튼 포기하는 게 좋을걸요? 엄마가 그랬어요. 용병들이 아무리 설쳐 봤자 아무도 찾지 않으면 그만이라고요. 길드를 세우려는 거죠? 나라에 최종 승인을 받으려면 꾸준히 실적을 내야 한다면서요? 지역 주민과 융화하지도 못하고 의뢰도 못 받는 길드가 과연 실적을 올릴 수 있을까요?"

제법 똑똑해 보이는 소년은 한 마디 틀린 말을 하는 법이 없었다. 그때마다 가슴에 비수가 푹푹 박힌 길드원들이 치명상을 견디지 못하고 무너졌다. 휴센도 한숨을 내쉬었다.

"그래서 하려는 말은 다 했니, 꼬마야?"

"아뇨, 진짜 할 말은 따로 있어요. 이곳에 용병 길드를 세우고 싶으면 정식으로 허가부터 받아요."

"허가라면 받았는데."

"아닐걸요. 나라님이 보내신 높으신 분들을 얘기하는 게 아니에요. 그쪽 말고요."

"그럼 누구한테 받으라는 거지?"

"당연히 아칸서스 님께 받아야죠."

"아칸서스? ……설마 용병왕 아칸서스?"

"잘 아시네요."

소년의 얼굴에 뿌듯한 표정이 차올랐다. 반대로 휴센과 길드원들은 황당한 표정을 지었다. 용병왕 아칸서스는 이백 년 전의 사람이었다. 이미 무덤에 몇 번을 들어가고도 남았을 사람에게 어떻게 허가를 받으라는 말인지 이해가 되지 않았다. 무속인을 불러 접신이라도 하란 말인가?

"혹시 용병왕의 후예를 말하는 거 아닙니까?"

아득히 날아가던 휴센의 정신은 렉스의 말을 듣고서야 겨우 진정되었다. 그러고 보니 용병왕이 후손을 남겼다면 아칸서스의 이름을 계승했을 가능성이 있었다. 그편이 유령의 허락을 받아야 한다는 것보다 훨씬 합리적인 결론이었다.

상황을 정리하고 나니 한발 늦게 놀라움이 차올랐다.

'아직도 용병왕의 영향력이 건재한 건가?'

바이칼에 용병왕의 유지가 남겨졌다는 건 알고 있었다.

그걸 유리한 지점으로 여기기도 했다. 하지만 설마 이백 년이 지난 지금까지 그 이름이 영향을 미치고 있을 줄은 몰랐다. 어쩌면 이곳 주민들이 용병을 싫어하는 이유도 그 점과 연관되어 있을지 모른다는 생각이 들었다. 조금 전 소년이 유난히 '배신'을 강조한 것도 단순한 의미만은 아닐 것이다.

'용병왕의 마지막은 배신으로 끝났다고 했지.'

마음속에서 결론을 내린 휴센이 일행을 돌아보았다.

다들 비슷한 생각을 한 듯 진지하게 고개를 끄덕였다.

휴센은 어찌 됐든 그 아칸서스라는 자를 만나봐야겠다고 생각했다. 설령 진짜 용병왕의 후예가 아니라도 허가를 받으라는 걸 보면 지역 유지 정도는 될 것이다. 그와 대화가 잘 풀린다면 주민들의 인식을 개선하는 데도 도움이 될지 몰랐다.

"그 아칸서스라는 분은 지금 어디 계시냐?"

"몰라요."

"왜 몰라?"

"아칸서스 님은 두문불출한 분이세요. 마을엔 가끔, 아주 아주 가아끔씩만 찾아와요. 언제 오실지 아무도 모르죠."

"마지막으로 온 게 언제였는데?"

"일 년 전이요. 평균 방문 주기는 삼 년이랬어요."

삼 년.

생각보다 까마득한 기한에 머리가 멍해졌다.

마지막 방문이 일 년 전이라면 앞으로도 최소 몇 년은 남았다는 뜻이었다. 그때까지 주민들과 이런 대치가 계속된다면 길드가 버텨낼 리가 없었다.

"어디 사는지 정말 아무도 몰라?"

"네, 몰라요. 알아서 그분을 찾아봐요. 아칸서스 님이 그랬어요. 그것부터가 자격을 증명하는 시험이라고요."

"허?"

"아저씨한테 자격이 있다면 그분을 찾을 수 있겠죠. 물론 찾은 후에도 그분의 인정을 받아야겠지만요."

갈수록 태산이었다. 사람을 환장하게 하는 방법도 가지각색이구나. 휴센은 연신 마른세수를 했다. 한참 만에 고개를 들었을 땐 모두가 걱정 어린 얼굴로 그를 바라보고 있었다. 그 시선을 마주한 휴센이 해탈한 얼굴로 웃었다.

"일단 쉬자. 그게 좋겠다."

*　*　*

마을 분위기가 부산해졌다.

흰옷에 흰 꽃을 엮은 화관을 쓰고 다니는 이들이 부쩍 늘었다. 광장에 있는 가장 큰 나무에도 이것저것 흰색으로 만든 장식물이 달리는 중이었다. 늘 해가 지기 전에 칼같이 닫는 상점가가 늦은 시간까지 불을 켜두기 시작했다. 아마 축제라도 열리는 듯했다. 그리고 며칠 후, 휴센은 관련 정보를 얻을 수 있었다.

"달과 태양의 축제라……."

태양과 달, 낮과 밤같이 서로 대비되는 빛 계열의 신전은 쌍둥이처럼 같이 생긴다는 특징을 지니고 있다. 태양의 신전이 나타나면 얼마 후 근방에 반드시 달의 신전이 나타나는 식이었다.

이 현상에 대해 신학자들은 서로 밀접하게 연관된 계열이다 보니 균형을 위해 함께하는 것이라 보았다. 혹은 신들끼리 반려의 관계가 아닌가 유추하는 이들도 있었으나 정확한 이유는 아직 밝혀지지 않았다.

어쨌든 늘 함께 엮이는 관계라서인지 사제들끼리도 사이가 좋은 편이었다. 교류가 잦다 보니 큰 의식은 함께 치르는 편이었는데 이번 축제가 바로 그런 의식 중 하나였다.

달과 태양의 축제가 열리면 각 신전이 있는 지역은 상징색으로 마을을 물들인다. 달의 신전은 하얀색, 태양의 신전은 붉은

색으로 된 차림을 하고 거리에 장식물을 달았다. 약 한 달의 기간을 두고 진행하는 기나긴 의식 동안 달의 사제들은 태양의 신전에서 머물렀다. 반대로 '태양과 달의 축제'가 열릴 땐 태양의 사제들이 달의 신전에서 머무른다고 했다.

곧 달의 사제들이 태양의 신전으로 출발하는 일자였다. 달의 사제답게 밤에 떠나기에 거리가 어둡지 않도록 행렬을 은은한 조명으로 장식하는데 이 광경이 꽤 멋지다고 했다. 자주 열리는 행사가 아니라서인지 사람들의 표정이 전에 없이 들떠 있었다.

물론 '자유 용병 길드'엔 해당 사항이 없는 일이었다.

"이게 다 뭔 상관이야. 우린 여기에 달의 신전이 있다는 것도 몰랐는데."

"그러게 말이야."

시큰둥한 이릴의 푸념에 헤롤이 적극적으로 고개를 끄덕였다. 축제가 열린다는 것도 여기저기 알음알음 물어봐서야 간신히 알아낸 참이었다. 배알이 꼬여서라도 즐길 마음이 들지 않았다. 어차피 마을 공식 찬밥 신세인 그들이 축제에 참여하는 걸 주민들이 반길 리도 없었다.

"그래도 아예 참여하지 않으면 그걸로도 말이 나올 테니 적당한 시늉은 내자. 문 앞에 하얀 종이라도 달아 놔."

휴센이 근처 길드원에게 지시를 내렸다.

어차피 트집 잡기로 작정한 사람들에겐 뭘 어떻게 해도 말이 나올 것이다. 그래도 괜한 빌미를 제공할 필요는 없다는 의견이었고, 모두가 그 생각에 공감했다.

“매일같이 보는데 어떻게 인사 한 번을 안 받아주냐. 진짜 지독한 사람들이야.”

“어떤 의미에선 존경스러울 정도지. 그래도 추워지기 시작하면 몬스터가 습격하기 시작할 거야. 그때가 되면 어쩔 수 없이 받아들일 수밖에 없겠지. 그렇게 한번 물꼬가 트면 어떤 식으로든 길이 열릴 거다.”

“지금이 아직 여름이라 문제지. 우리 자금은 괜찮아? 그때까지 수입한 푼 없이 버틸 수 있겠어?”

“뭐, 그것도 어떻게든 되겠지. 그전에 아칸서스라는 자를 찾을 수 있을지도 모르고.”

그의 행방은 여전히 오리무중이었다.

애초에 협조적이지 않은 주민들을 상대로 알아보는 데 한계가 있는 만큼 휴센은 어쩔 수 없는 부분이라 여겼다.

그때 누군가가 조심스럽게 안으로 들어섰다.

“마스터, 잠깐 괜찮아?”

“어, 코웰. 무슨 일이냐? 말해.”

목소리만 들어도 뻔한 상대라 휴센이 돌아보지 않고 대꾸했다. 그만이 아니라 다른 간부들도 모두 방금 문을 열고 들어온 상대에 관심을 두지 않았다. 슬슬 아무 일 없이 무료한 일정에 질린 이들이 나오기 시작할 시점이었다. 대충 길드를 탈퇴하고 돌아가겠다는 용건이겠거니 했다. 그게 코웰이라는 점은 내심

섭섭했지만, 혈기 왕성한 녀석치곤 오래 버텼다고 생각하니 이 또한 어쩔 수 없다는 느낌이었다.

걱정되는 건 한 사람이 탈퇴하면 다른 이들에게도 연쇄작용이 일어날지도 모른다는 점이었다. 혈기 왕성한 건 다른 이들도 마찬가지였고, 그들에게도 이 시기는 고행이었다. 줄줄이 빠져나가기 시작하면 길드를 유지하는 최소 조건에도 미치지 못하게 될 게 분명했다. 어떻게든 달래서 버티게 해봐야겠다고 작심한 휴센은 답할 말을 고르기 위해 빠르게 머리를 굴렸다.

그런데 이어진 코웰의 용건이 예상과 전혀 달랐다.

"길드에 호위를 의뢰하려는 곳이 있는데. 이거 받을 수 있어?"

생각지도 못한 단어에 모두의 눈이 휘둥그레졌다.

애써 외면하고 있던 고개들이 동시에 코웰 쪽을 향했다. 불처럼 쏟아지는 시선에 당황한 코웰이 뒤로 주춤 물러섰다.

"뭐, 뭐야? 왜들 그래?"

"의뢰? 방금 의뢰라고 했어?"

"어어. 이번에 달의 사제들이 태양의 신전으로 가는 거 알지? 산 하나를 건너야 하는데 거기가 몬스터 서식지랑 가까워서 좀 위험한가 보더라고."

"그런데?"

"여기 달의 신전은 성기사도 없는 작은 신전이라 외부 병력에 의존해야 하거든. 근데 수호대고 자치대고 전부 바빠서 틈을 낼 수 없나 봐. 그래서 우리한테 호위 좀 해줄 수 있겠냐는데?"

이건 혹시 천사의 음성인가.

휴센의 얼굴이 그대로 아련해졌다.

코웰의 등 뒤에 찬란한 후광이 비치는 것만 같았다.

어쩌면 진짜 천사가 코웰의 모습을 빌려 나타난 건지도 몰랐다. 다른 사람들도 마찬가지로 멍해져 있는 상태였다. 그나마 코웰과 가장 친한 빌트가 가까스로 정신을 차리고 물었다.

"너 대체 무슨 짓을 한 거냐?"

"무슨 짓이라니? 왜 내가 무슨 짓을 한다는 전제가 성립해?"

"그럼 대체 의뢰를 어떻게 받은 건데?"

의문을 품는 건 어쩔 수 없는 일이었다.

두 달이 넘도록 의뢰는커녕 방문자조차 없었다. 아무리 곤란한 상황이라도 이곳 주민들은 절대 길드에게 만큼은 도움을 청하지 않았다. 그래서 내심 마을 안에서 철저히 합의한 일이라고 생각하고 있었다.

그런 상황에서 의뢰를 받았다니, 일어날 수 없는 일이 일어난 셈이다. 혹시 협박이라도 한 건 아닌지 정황을 살펴봐야 했다. 용병들 세계는 워낙 거칠어서 가끔 강제로 일을 받고 돈을 뜯어내는 짓도 서슴지 않을 때가 있었다.

당연히 코웰은 억울해했다.

"그냥 이 마을에 달의 신전이 있다고 해서 간 거야. 그랬더니 그쪽에서 먼저 알아보고 부탁한 거라고. 사제들이라 그런지 딱히 용병에 대한 편견도 없고, 주민들 담합도 신경 쓰지 않는 것 같던데?"

"신전엔 왜 갔는데?"

이번에 질문한 사람은 헤롤이었다. 여전히 의심을 감추지 못하는 시선에 코웰의 얼굴이 불퉁해졌다. 직후 이어진 답에 사람들은 이번엔 다른 의미에서 굳어야 했다.

"왜냐니, 내가 달의 신도니까 그렇지. 기도하러 간 것뿐이거든?"

"헐."

"뭐야, 왜 그런 표정들인데?"

"아, 잠깐 기다려. 네가 기도도 한다는 사실에 놀라야 하는지, 신앙이 있다는 것부터 놀라야 하는지 고민하고 있으니까."

"되게 무례한 말을 아무렇지 않게 한다?"

코웰이 투덜거렸다. 물론 그 말에 신경 쓰는 말은 아무도 없었다. 정확히는 신경 쓸 겨를이 없다고 봐야 할 것이다. 이 기막힌 상황이 거짓말이 아니라면 남은 진실은 하나뿐이었으니까.

"……의뢰다."

휴센이 뱉은 한마디가 도화선이 된 것처럼 가슴에 불을 지폈다. 다들 벅찬 마음으로 서로를 바라보았다.

'자유 용병 길드'에서 받는 첫 일이었다.

5.

이삼 년 꼴로 한 번씩 열리는 달과 태양의 축제는 달의 사제들에겐 큰 근심거리였다.

의식 자체는 좋았으나 태양의 신전까지 가야 하는 길이 문제였다.

낮이라면 그나마 순조로웠을 것이다. 하지만 이 의식은 달이 떠 있는 밤에 출발해야 했다. 한밤중의 산행이 위험하다는 건 어린애들도 아는 당연한 상식이었다. 길 자체도 험할 뿐만 아니라 위험한 짐승들이 활동하는 시간이기도 했다. 더구나 근방엔 몬스터의 서식지도 있었다. 가장 문제가 되는 점은 습격당할 가능성이 매우 높다는 거였다.

모든 야행이 짐승의 습격을 받는 건 아니겠지만, 그 행렬에 달의 사제가 섞여 있으면 거의 반드시라고 해도 좋을 만큼 확률이 올라갔다. 그들이 지닌 성력이 야수를 자극하는 성질을 지니고 있기 때문이었다. 하물며 달의 사제들로만 이뤄진 사제단에 아무런 탈이 없을 리가 없었다.

특히 지난 축제 때가 제일 위험했다. 평소엔 들짐승 몇 마리 정도가 붙는 정도였는데 그날따라 늑대 무리가 행렬을 덮쳤다. 다행히 사망자는 없었지만 호위를 맡아준 자치대에서 중상자가 많이 나왔다. 그래선지 이번 축제에선 아무도 호위를 맡으려 하지 않았다.

밑져야 본전이라는 생각에 달의 사제들은 얼마 전 마을에 자리 잡은 용병 길드에 호위를 의뢰하기로 했다.

주민들의 반감을 사는 행위라는 건 알고 있었지만 어쩔 수 없었다. 마침 용병들 중에 달의 신도가 있으니, 적당한 핑곗거리가 되어줄 거란 계산도 있었다. 그리고 지금 이 순간, 달의 사제들은 그렇게 결정한 지난 과거에 진심으로 감사했다.

"꾸웨엑!"

날카로운 괴성이 울려 퍼지며 거대한 체구가 바닥에 떨어졌다. 그게 마지막 오크였다. 달의 사제들은 넋을 잃은 얼굴로 주위를 돌아보았다. 수많은 오크의 시체가 사방에 널려 있었다. 조금 전까지만 해도 위협적으로 날뛰던 생명력을 지금은 한치도 찾아볼 수 없었다.

"어떻게 이런 일이……."

이번 일정에서 사제들이 가장 걱정했던 건 늑대였다. 지난 의식에서 습격을 당하기도 했고, 근방에서 제일 사나운 짐승이라고 하면 단연 늑대가 꼽혔다. 몬스터도 위험 요소이긴 했으나 실제로 나타난 적은 한 번도 없었기에 그리 염두에 두진 않았다.

그런 안이함을 비웃고 싶었던 걸까. 행렬은 산 중턱에 이르자마자 무장한 오크 무리와 마주쳤다. 그것도 백 마리가 넘는 숫자였다. 그 우람하고 거대한 덩치를 보았을 때, 사제들은 이제 다 끝났다고 생각했다. 시신이라도 남길 수 있다면 다행이었다.

그런데 용병들은 별로 긴장한 기색이 아니었다.

그저 대장 격인 남자가 사제들을 지키라고 명령하고는 담담히 앞으로 걸어나갔을 뿐이었다. 그 옆에 있던 몇 사람도 따라나서긴 했으나 불과 네 명 정도에 지나지 않았다. 사제들은 그들이 희생하려는 것이라 여겼다. 자신들이 미끼가 되어, 그사이에 모두를 도망치게 하려는 것이라고.

하지만 그건 정말 말도 안 되는 착각이었다. 이어진 광경은 두 눈을 의심할 만한 것밖에 없었다. 그들이 앞으로 쏘아져 나간 순간 모든 상황이 터무니없이 빠르게 정리되기 시작했다. 그 크고 강대하던 오크들이 검이 스칠 때마다 볏짚처럼 우수수 쓰러졌다. 저렇게 맥없이 쓰러지는 것들이 자신들이 아는 그 오크가 맞나 싶을 정도였다. 그리고 정신을 차렸을 땐 모든 것이 끝나 있었다. 고작 단 몇 사람이 이룬 결과였다.

"저게 진짜 인간이냐."

"절대 개기지 말아야지."

이 엄청난 상황에는 동료 용병들조차 질린 얼굴이었다. 그러나 정작 당사자들은 태연하기만 했다.

"우와, 너무하네, 휴센. 혼자서 몇 마리를 잡은 거야? 좀 나눠주지. 모처럼 몸 풀 기회였는데."

"너희가 미적거린 게 왜 내 탓이냐?"

"휴센이 너무 빨리 잡은 거거든? 속도를 따라잡을 수가 없는데 어쩌라고!"

"헛소리 말고 대열이나 정비해."
"아냐, 진짜야! 그치, 쉐리? 내 말이 맞지?"
"언니도 참. 우리 휴센이 좀 다 잡을 수도 있는 거지."
"어휴, 너한테 물은 내가 바보지."
투덜거리는 동료들을 뒤로하고 대장 남자가 사제들에게 다가왔다. 사제들은 멀끔한 남자의 행색을 보고 다시금 마른 침을 삼켰다. 그 거친 혈투 속에서도 피 한 방울 묻히지 않은 남자가 이젠 오크보다도 괴물처럼 보였다.
"어디 다치신 곳은 없으십니까?"
"네, 네. 저, 저희는 괜찮습니다. 여러분이야말로……."
"아, 저희도 멀쩡합니다. 제가 알던 오크보다 덩치가 커서 좀 걱정했는데 다행히 금방 정리했네요. 그냥 덩치만 컸던 건가 봅니다."
그럴 리가 있나.
사제는 그렇게 대답하고 싶은 걸 간신히 참았다.
북부의 몬스터는 다른 지역보다 강한 편이었다. 특히 오크는 비교할 수 없을 만큼 강하다고 들었다. 언젠가 외지에서 온 용병이 오크란 말만 듣고 만만히 여겼다가 실물을 마주하곤 오줌을 지렸다는 일화가 있을 정도였다. 그런데 눈앞의 용병들은 그 차이를 조금도 느끼지 못하는 것 같았다.
'이런 사람들이 바이칼에 오다니.'
한낱 시골에 묻힐 재능이 아니었다. 그런 자들이 바이칼을 택했다. 그렇기에 달의 사제들은 확신했다. 앞으로 바이칼은 완전히 변화할 것이라고.

*　　*　　*

짙푸른 어둠이 물러나고 동이 떠오르는 시각.

달의 사제단이 태양의 신전에 도착했다. 당초에 당부한 일정을 딱 맞춘 시간이었다. 신전 입구 앞에서 기다리고 있던 태양의 사제들이 달의 사제단을 맞이했다.

두 사제단은 용병 길드에 무척이나 고마워했다.

이 축제가 시작한 이후로 사제 행렬이 제 시각에 도착한 건 이번이 처음이라고 했다.

"여러분께 호위를 부탁드리길 정말 잘했습니다. 덕분에 순탄히 왔습니다. 다들 고생하셨습니다."

"귀한 사명을 맡아주신 분들께 저희도 감사드립니다."

달의 사제에 이어 태양의 사제들이 용병 길드에 감사를 표했다. "아닙니다. 아무도 다치지 않으셔서 다행입니다." 거듭된 인사에 휴센 역시 정중히 고개를 숙여 화답했다.

그때 태양의 사제 중에서 가장 항렬이 높은 사제가 휴센을 빤히 바라보았다. 그 시선에 휴센이 의아해질 때였다.

"특별한 분들께 특별한 힘이 함께하는 것 같군요. 혹시 그 힘에 축복의 사명을 더하지 않으시겠습니까?"

"예?"

"태양과 달의 신들이 주시하고 계십니다. 그 힘을 원하시면 당신들이 생각하는 가장 진귀한 술을 제단에 올리십시오. 제국에서 가장 정(淨)한 존재가 될 수 있을 겁니다."

어리둥절해하던 휴센의 얼굴이 천천히 굳어졌다.

옆에서 함께 듣고 있던 일행 역시 숨을 삼킨 채였다.

그런 그들을 다 이해한다는 듯한 시선으로 바라본 사제가 두 손을 모아 성호를 그었다.

"부디 마넬과 나시크의 축복이 함께 하시길."

이후 사제들이 신전 안에 들어감으로써 달의 신전과 용병 길드 간의 계약이 종료됐다.

성공적인 첫 임무였다.

다만 마지막에 들은 말이 찝찝했던 휴센의 표정은 그리 개운하지만은 않았다. 머쓱히 뒤통수를 긁고만 있는 그에게 쉐리가 물었다.

"저거 그거 맞지?"

"어, 그런 것 같아."

사실 이런 일을 경험하는 게 처음은 아니었다. 예전에도 휴센 일행은 비슷한 말을 들은 적이 있었다. 예언가라는 사람이 어디로 가서 좋은 술을 바치면 지금보다 더 특별한 삶을 얻을 거라는 조언을 해준다든가, 처음 보는 낯선 사람이 찾아와 뜬금없이 영생을 논하며 값진 술과 교환할 수 있다고 하는 식이었다.

용병 길드에서 쫓겨났을 땐 더했다. 대체 어디서 소문을 듣고 온 건지 다른 제국의 귀족이라든가 부호라는 자들이 대뜸 찾아왔다. 각자 뒤를 봐준다고 하거나 막대한 후원금 따위를 제안했는데 그러면서 그들이 은근슬쩍 요구한 것 역시 귀한 술이었다.

처음엔 우연이라 생각했지만 이런 일을 거듭 겪다 보니 이젠 그들이 노리는 게 무언지 명확히 알 수밖에 없었다.

'그나마 협박이 없는 걸 다행이라고 해야 하는 건지.'

물론 계속 이렇게 온건하지만은 않을 것이다.

경쟁자가 늘어날수록 초조해지기 마련, 시간이 지날수록 점점 더 과격한 양상이 될 게 뻔했다. 선택의 시간이 가까워졌다는 게 느껴졌지만, 마음이 흔들릴 만한 제안이 없다 보니 휴센 일행은 아직 이렇다 할 결론을 내리지 못하고 있었다.

"아무튼 모두 고생했다."

"마스터야말로. 생각보다 싱겁게 끝났네."

"그러게. 이렇게 다 끌고 오지 않아도 되는 건데 그랬어."

이번 사제단의 호위 여정엔 렉스와 몇 사람만 남겨 두고 길드원 전원이 참여한 참이었다.

첫 의뢰이니 반드시 완수해야 한다는 사명감도 있었지만, 북부의 몬스터가 강하다는 점을 염두에 두고 내린 결정이었다.

실제로 맞닥뜨린 오크 떼는 그들이 알던 모습보다 훨씬 거대해서 내심 걱정스럽기도 했다. 하지만 예상외로 덩치만 컸지 기존 오크랑 별다른 차이점을 알 수 없었다.

그나마 습격도 단 한 번뿐이었고 이후에는 하품이 나올 정도로 순탄한 여정이었다 보니 인력 낭비였다는 생각을 지울 수가 없었다.

마이티가 휴센의 어깨를 두드렸다.

“뭐 어때. 어차피 이거 아니면 할 일도 없었잖아? 다들 조금 멀리 산책했다 치는 거지 뭐.”

“그래도.”

“괜찮아. 오히려 평소보다 분위기가 좋던데?”

“그래?”

이유는 굳이 물어볼 필요가 없었다.

때마침 근처에서 속닥이는 소리가 들렸기 때문이었다.

“야야, 마을에서 사람들 얼굴 봤냐? 그 울지도 웃지도 못하는 표정.”

“당연히 봤지. 진짜 웃겨 죽는 줄 알았잖아. 그간 역병처럼 피해 다니던 용병들이 존경하는 사제단을 호위하고 있으니 얼마나 약올랐을까?”

“아깝다. 영상석이 있었으면 담아두고 우울할 때마다 봤을 텐데.”

과연, 분위기가 좋을 수밖에 없는 화제였다. 비단 그들만이 아니라 여기저기서 비슷한 대화로 떠들고 있었다. 호위 중일 땐 사제단을 의식해 내색하지 못하다가 이제야 본격적으로 하고 싶은 말들을 시작한 듯했다. 반기는 태도는 아니었으나 그간의 고초를 누구보다 잘 아는 휴센은 그들을 나무라는 대신 그냥 피식 웃어넘겼다.

그 뒤 그들은 신전에서 잠시 쉬다 가기로 했다.

인근 마을에서 따로 묵을 곳을 찾으려 해도 같은 바이칼 영지 안이다 보니 사정이 다 뻔했다. 밤샘 행군으로 피곤한 상태에서 더 피곤해질 만한 일은 겪고 싶지 않았다.

다행히 태양의 사제들 쪽에서 흔쾌히 그들에게 묵을 곳을 내주고 식사도 차려주었다. 주민들 시선을 의식할 법도 했지만, 그들로서도 축사까지 한 용병들을 푸대접할 수는 없었던 모양이었다. 덕분에 편히 쉴 수 있게 된 용병들은 각자 먹을 것과 침구를 챙겨 들고 자유롭게 흩어졌다.

휴센 역시 그 몫의 식사를 들고 적당히 자리를 잡았다.

그런 그의 옆으로 헤롤과 코웰이 따라 앉았다.

"출발은 언제 할 거야, 마스터?"

"정오쯤. 그때까지 푹 쉬어둬. 내려가면서 인근 몬스터 서식지를 토벌할 예정이니까."

"엉, 무슨 서식지? 오크 떼는 다 잡았잖아?"

"혹시 남아 있을 수 있으니 아예 본거지를 털어보려고. 오크는 복수하려는 습성이 있으니 씨를 말려둬야지. 근방에 라이칸 서식지도 있는 것 같더라. 그 두 곳만 정리해놔도 한결 나아질 거야."

바이칼 주변엔 몬스터 서식지가 많아도 너무 많았다. 덕분에 국경 수호대의 규모가 크지 않아도 야만족을 막아낼 수 있었지만, 마을 간의 교류까지 막혀서야 고립되기만 할 뿐이었다. 이참에 두 마을을 잇는 구간 정도는 정비해두자는 게 휴센의 계획이었다.

"자원봉사치곤 규모가 너무 큰 거 아냐?"

"남의 마을이냐. 이제 우리가 사는 지역이기도 해."

"에효, 할 수 없지. 알았어, 애들한테도 말해둘게."

이런 일엔 물러서는 법이 없는 휴센이었다.

체념하며 고개를 끄덕인 헤롤은 본격적으로 식사를 시작했다. 신전에서 차려준 음식은 제법 나쁘지 않았다. 가난한 영지다 보니 감자 한 덩이도 귀했을 텐데 무려 잘 조리된 고기 스튜와 하얀 빵이었다.

헤롤은 오랜만에 없던 신앙심이 샘솟는 걸 느꼈다.

"근데 아까 사제님이 축사할 때 했던 말 말이야. 마넬과 나시크가 뭐지?"

"태양의 신과 달의 신의 이름이야. 그것도 몰라?"

헤롤의 질문에 옆에서 묵묵히 먹던 코웰이 시큰둥하게 대꾸했다.

"엥? 태양의 신은 '아칼론', 달의 신의 이름은 '루나테스' 아냐?"

"성별이 달라."

"아아."

헤롤은 바로 이해했다. 신의 세계란 오묘해서 주관하는 부분이 서로 겹치는 경우가 많았다. 같은 것을 주관하는 신이 성별마다 따로 존재하기도 했기도 했는데, 그 둘이 서로 다른 존재인지 동일인인지는 알지 못했다.

사실 신에게 성별 같은 건 무의미한 만큼 같은 존재일 가능성이 더 크긴 할 것이다. 그러나 명확히 판단할 근거가 없었으므로, 주관하는 부분이 같아도 신명이 다르면 인간들은 두 신을 구분해서 인식했다.

“마넬과 나시크라는 이름, 전에 들어본 적 있어.”

“당연하지. 아칼론과 루나테스만큼이나 마넬과 나시크의 신전도 많거든?”

“아니, 그래서 들은 건 아니고. 어느 분이 했던 말 중에 들어간 단어였어. 계속 그게 무슨 뜻인 줄 몰랐는데 이제야 알았네. 그래도 여전히 아리송하지만.”

“무슨 말이었길래?”

“해거름을 살피려는 날에 나시크가 마넬의 품에 안길 거다. 붉은 금환이 페르마의 손가락을 장식하면 동쪽으로 가서 푸른 날개를 만나도록 해라.”

나직한 말을 읊은 건 휴센이었다. 얼굴이 활짝 핀 헤롤이 반가운 표정으로 고개를 끄덕였다.

“맞아, 바로 그거! 마스터도 기억하고 있었구나?”

“뭐, 그렇지.”

"대체 다 무슨 말이야?"

어리둥절해하는 코웰에게 휴센은 한때 잠시 동행한 형벌의 사제에 대해 알려주었다. 신묘하던 그의 분위기라든가, 이적과도 같았던 행동들. 그리고 그가 마지막으로 남기고 간 여운이 깊은 말까지. 그제야 상황을 이해한 코웰이 고개를 끄덕였다.

"신관들이 원래 모호한 화법을 잘 쓰긴 하지. 근데 둘 다 기억력이 좋네. 그걸 아직도 외우고 있다니."

"음, 외웠다기보다는 그냥 새겨졌달까."

"새겨져?"

"이상하게 안 잊히더라고. 딱히 외우려고 한 건 아닌데 그냥 떠올리려고 하면 기억나."

"아, 맞아. 나도 그래."

헤롤이 신기하다는 얼굴로 맞장구를 쳤다.

잠시 멈칫한 코웰이 얼굴을 찌푸렸다.

"그 형벌의 사제가 꽤 고위 신관이랬지?"

"어, 그런 것 같았어."

"그럼 혹시 그거 신탁 아니야?"

"……어?"

"왜, 신탁은 뇌리에 박혀서 잊히지 않는다고 하잖아. 게다가 명확한 의미로 해석이 안 된다는 점도 그렇고."

그럴 수도 있겠다는 생각이 들었다. 아니, 사실 그 정황에선 신탁이라 보는 흐름이 더 자연스러웠다. 왜 지금까지 그 가능성을 떠올려 보지 못했는지 이해가 되지 않을 정도였다.

"헐. 그런가? 진짜 신탁인가?"

휴센과 헤롤이 황당해하며 서로를 돌아보았다. 그런 두 사람을 바라보는 코웰은 한심한 표정을 감추지 못했다. 한 번 들었을 뿐인 말이나 글귀를 잊지 못하는 건 신탁의 가장 명확한 징후였다. 뻔한 증거를 두고도 지금에서야 깨달았다는 게 그의 상식에선 더 놀랍기만 했다.

'가만 보면 참 은근히 허당들이란 말이야.'

이런 이들이 길드 마스터와 간부라니, 용병 길드의 미래가 걱정스럽기만 했다. 코웰은 자신이 정신을 단단히 잡아야겠다고 새삼 굳게 다짐했다.

"그 신탁 말이야. 어쩌면 이 축제와 관련되어 있을지도 몰라."

"그게 무슨 소리야?"

"나시크가 마넬의 품에 안긴다고 했잖아. 이번 의식은 달의 사제들이 태양의 신전을 방문하는 행사고. 그걸 은유적으로 보면 달이 태양의 품에 안긴다고 표현할 수 있지 않아?"

"……!"

"해거름이라는 건 석양을 말하지. 석양은 여섯 시에서 여덟 시에 일어나는 현상이고. 내 생각에 이건 날짜를 말하는 것 같아. 마침 지금이 딱 칠월 초잖아? 이 시기에 달과 태양의 축제가 열리는 곳을 찾아가라는 뜻 아니었을까? 바로 여기 말이야."

상당히 일리 있는 해석이었다. 설명에 완전히 몰입한 휴센과 헤롤이 마른 침을 꿀꺽 삼켰다.

"그럼 금환이 페르마를 장식한다는 건?"

"이런 해석으로 보면 그건 일차적으로는 아마 시간을 의미할 거야."

"시간?"

"거인족 설화 몰라?"

"아."

거인족의 설화란 하루의 신과 그가 창조한 일족에 대한 이야기였다. 이 설화에 따르면 하루의 신은 크고 우람한 거인을 만들고 싶어 했다. 그러나 그의 힘이 부족한 탓에 한 달에 하나씩밖에 만들 수 없었다. 할 수 없이 하루의 신은 매달 마지막 날을 창조의 날로 지정하고 한 달에 하나씩 거인을 만들기로 했다. 지금도 매달 마지막 날이 되면 거인족을 만드는데, 이렇게 태어난 거인은 자정에 모습이 드러나기 시작하여 다음날 자정이 되어야 온전한 형태를 갖춘다는 내용이었다. 이 거인족의 이름이 바로 페르마였다. 설화인 만큼 실제와는 연관이 없었기 때문에 다들 가벼운 동화로 여겼지만, 어릴 때부터 흔히 접하는 이야기다 보니 휴센도 줄거리 정도는 알고 있었다.

"일부 지역에선 페르마의 모습이 드러나는 단계로 시간을 표현하기도 해. 내가 살던 마을에서도 그 방식으로 시간을 셌어."

"그렇군. 그렇다면 그 말은 손가락이 나타나는 시간을 세보라는 뜻인 건가?”

“맞아. 참고로 페르마의 손가락은 네 시부터 시작해서 한 시간마다 하나씩 생긴다고 해. 그러니까 여기서 말하는 시간은 일곱 시일 거야. 반지를 끼는 손은 네 번째 손가락이니까.”

이로써 날짜와 시간이 전부 나왔다. 휴센은 수첩을 펼쳐 들고 지금까지 들은 내용을 쭉 정리해나갔다.

“그러니까 한마디로 이런 말이군. 달과 태양의 축제가 열리는 달의 마지막 날, 저녁 일곱 시. 그때 이 지역의 동쪽으로 가라는 거지?”

“아마도?”

“흠, 동쪽이라……. 뭔가 위치가 애매한데. 어디까지 가야 하는 건지는 알 수 없는 건가.”

“금환이 보이는 선까지만 가봐.”

“금환이 보이는 선?”

“저거 좀 봐.”

코웰이 손가락으로 위쪽을 가리켰다. 그 방향을 따라 무심코 돌아본 휴센은 당황했다. 창문 너머 보이는 높은 신전 건물에 거대한 제단이 세워져 있었다. 탑처럼 쌓인 단상 끝엔 불이 붙은 둥근 쇠고리가 걸렸는데, 그 부분이 마치 붉은색을 띤 반지처럼 보였다.

“……붉은 금환이네.”

“붉은 금환이지.”

저게 저렇게 이어지는 거구나. 금환 자체는 단순히 상징적인 표현으로 여겼던 휴센은 뒤통수가 얼얼했다. 신탁이 왜 수많은 해석으로 갈리는지 새삼 이해가 됐다.

"마지막 푸른 날개도 뭔가 의미가 있는 걸까?"

"거기까진 나도 모르겠네. 일단 만나라고 되어 있으니 가보면 알게 되지 않겠어?"

우문현답이었다. 정말 신탁이 맞는 건지, 그 여부 또한 직접 가봐야 확인할 수 있으리라. 하지만 왠지 그 부분에 대해선 의심이 가지 않았다. 휴센은 해석을 정리해둔 수첩에서 한동안 시선을 떼지 못했다. 헤롤 역시 얼떨떨함을 감추지 못한 얼굴이었다. 흔들리는 두 사람의 눈동자 위에 수많은 감정의 물결이 파동쳤다.

"……이거 때문에 북부로 가라고 한 거였나 봐."

이어진 그의 말엔 휴센도 이견이 없었다. 옆에서 코웰이 그건 또 무슨 소리냐며 캐물었지만 둘 중 누구도 답을 하지 못했다. 감동에 흠뻑 젖기에도 바쁜 시간이었다.

6.

예정된 시간은 순식간에 찾아와 어느덧 달의 마지막 날이 되었다. 태양의 신전을 다시 찾은 휴센 일행은 동쪽으로 향했다.

신탁을 받은 당사자들만 가는 게 좋겠다는 코웰의 조언에 따라, 이번 여정엔 기존 샴페인 용병들만 참여한 참이었다.

동쪽은 울창한 산지로 이뤄져 있었다. 안으로 들어서면 빼곡한 바위와 나무만 끊임없이 펼쳐지는 구조였다. 금환이 보이려면 정상까지 가야 한다는 결론을 내린 그들은 목표한 시간에 닿기 위해 부단히 서둘러야 했다.

문제는 가는 길에 마주치는 몬스터였다. 서식지가 얼마나 많은 건지, 가지각색 종류를 무리 별로 마주치다시피 했다. 게다가 갈수록 더 많아지는 것 같았다. 수시로 습격을 받으면서 가파른 길을 오르다 보니 아무리 체력이 좋은 그들이라도 지치는 건 어쩔 수 없었다. 숨쉬기 힘들 만큼 무더운 공기도 체력을 갉아먹는 데 일조하고 있었다. 아무렇지 않게 멀쩡한 건 휴센뿐이었다.

"으어, 마스터. 우리 잠시 쉬어가자."

"또?"

뒤에서 들려오는 앓는 소리에 앞서 걷던 휴센이 황당해하며 돌아보았다. 그런 그의 반응에 일행이 더 황당해했다.

"또는 무슨. 마지막 휴식이 한 시간 전이거든?"

"아, 벌써 그렇게 됐나."

"벌써라니. 이렇게 지치는데 어떻게 그걸 못 느낄 수가 있어. 마스터는 안 힘들어?"

"음, 난 아직은 버틸 만한데?"

이젠 황당해하는 시선이 괴물을 보는 시선으로 바뀌었다. 휴센은 그런 반응을 이해하지 못하는 얼굴이었다. 한숨을 내쉰 이릴이 양손으로 그의 어깨를 짚었다.

"휴센, 솔직히 말해. 우리한테 숨기는 거 있지?"

"뭔 소리야."

"몰라서 물어? 강해도 너무 강해졌잖아. 전에도 강했지만 지금은 아예 경지가 다른 느낌이야."

그 순간 아주 잠깐 휴센의 몸이 움찔했다.

그 찰나의 반응을 놓치지 않은 이릴이 눈빛을 번뜩였다.

"사실 내가 말이야, 그동안 계속 생각해봤거든. 왜 폐하께서 휴센에게 공작 작위를 주셨을까."

"그게 왜?"

질문한 건 헤롤이었다. 마이티가 한심하다는 표정으로 그를 바라보았다.

"바보냐. 아무리 공헌이 커도 공작 작위는 아무나 안 줘. 게다가 봉토까지 같이 내리는 건 더더욱 흔하지 않다고. 그게 아무리 척박한 땅이라도 말이야."

"근데 휴센한텐 줬잖아?"

"그러니까 하는 말이잖아. 사실 나도 이상하게 생각하긴 했어. 백작 정도는 그럴 수 있어. 금패의 용병쯤 되면 백작 자리를 제안하고서라도 데려가고 싶어 할 나라가 많으니까. 더 후하게는 후작까지도 가능하다 싶긴 해. 근데 공작은 전혀 의미가 달

라. 평민 출신의 용병한테 선뜻 내릴 수 있는 자리가 아니란 말이지."

"그만큼 우리 휴센이 대단하다는 거 아니겠어?"

쉐리가 자기 일처럼 뿌듯해하며 답했다. 그 모습이 귀여웠던 이릴이 자기도 모르게 흐뭇하게 웃었다.

"그래, 쉐리. 그러니까 그 대단한 부분을 제대로 짚어보자는 거야. 내가 보기엔 이게 보통 대단한 수준이 아닌 것 같거든."

"그게 무슨 소리야?"

어리둥절해진 쉐리가 눈을 깜빡이자 이릴은 휴센을 똑바로 바라보았다. 판을 깔아두긴 했지만 막상 진실을 확인하려니 평소처럼 침착하기가 쉽지 않았다. 그러나 이번에야말로 확실히 짚고 넘어가야 한다는 생각이 마음의 동요를 눌렀다.

"휴센, 혹시 말이야. ……마스터 됐어?"

마침내 본론이 떨어졌다. 질문과 동시에 숨을 삼키는 소리가 터져 나왔다. 그럴 수밖에 없는 화제였다. 모두가 입을 다물면서 삽시간에 주위가 고요해졌다. 이번에도 역시 태연한 건 휴센뿐이었다. 긴장한 채 굳어 있는 일행을 돌아본 휴센이 머쓱하게 뺨을 긁적였다.

"뭘 새삼스럽게. 내가 마스터인 건 너희가 더 잘 알지 않냐? 만장일치로 마스터 하라고 시켜놓곤."

"길드 마스터 말고! 말 돌리지 마. 내가 뭘 묻는 건지 알잖아."

이릴의 눈빛이 사나워졌다. 똑바로 답하지 않으면 가만두지 않을 기세에 휴센은 어쩔 수 없이 한숨을 내쉬었다. 여기까지 온 이상 더 미뤄봤자 의미가 없을 것 같았다.

잠시간 주저한 끝에 그는 곧 주먹 쥔 손을 앞으로 내밀었다. 그러자 스멀스멀 금색의 오러가 피어오르더니, 그 자리에서 긴 검의 형태를 이루어냈다. 지켜보던 모두의 입에서 동시다발적으로 거친 숨이 터져 나왔다. 매개체 없이 순수한 오러만으로 무기의 형태를 구현할 수 있는 건 경지의 증명. 틀림없는 소드 마스터의 증거였다.

"이런 미친! 진짜?"

"진짜 마스터야? 휴센이 정말 소드 마스터가 된 거야?"

"대체 언제부터?"

"왜 진작 말 안 했어!"

그들은 혼란에 빠졌다. 확신하고 다그쳤던 이릴조차도 막상 눈으로 사실을 확인하니 경악을 금치 못했다.

소드 마스터라니!

평소 농담처럼 운운했던 일이지만 정말 이뤄질 거라 믿은 사람은 아무도 없었다. 심지어 휴센 본인조차도 그랬다.

소드 마스터는 단순히 재능만으로 이룰 수 있는 경지가 아니었다. 어느 영역이든 마스터가 되는 길엔 필연적으로 거쳐야 하는 과정이 존재한다. 처음부터 걸맞은 수련법으로 배워야 하고, 필요한 시기에 요구되는 만큼 신체와 원기가 성장해야 했다. 특히 원기는 음식만으로는 채울 수 없는 부분이라 약으로 보완해야 하는데, 이런 약은 값도 값이지만 구하는 것 자체가 어려웠다. 즉, 타고난 재능과 재력은 물론 운까지 전부 따라줘야만 이를 수 있는 경지인 셈이었다.

그런 연유로 마스터의 경지는 귀족들의 전유물이나 다름없었다. 부유한 그들이 키워낼 확률이 그나마 가장 높았기 때문이었다. 과거 평민인 카리브디스가 소드 마스터가 되었을 때 제국이 발칵 뒤집힌 것도 바로 그런 이유에서였다.

하물며 휴센은 용병이었다. 카리브디스 공작은 대공의 후원을 받아 어릴 때부터 정식 교육을 받기라도 했다. 반면 그는 제대로 된 수련법을 배우지도 못했고 익힐 기회도 없었다.

신체가 한창 완성될 무렵, 원기가 가장 필요하기도 한 그의 이십 대는 불현듯 닥친 지독한 가뭄 때문에 끼니조차 제대로 때우기 힘든 시기였다. 그의 실력이 아무리 뛰어나도 마스터는 엄연히 다른 영역. 희망은 일찌감치 접어야 했다. 신주를 마신 후에 놀라울 정도로 기량이 좋아지긴 했으나 그래도 크게 기대하진 않았다. 소드 마스터에 대해 언급했던 건 말 그대로 농담이었다. 그런데 그 말도 안 되는 일이 정말로 일어나버린 거다. 휴센은 자신을 집어삼킬 듯이 달려드는 일행을 머쓱한 얼굴로 밀어냈다.

"깨달은 건 좀 됐어. 마지막 전투가 끝난 직후였나."

"마지막 전투? 마틴성 전투 말이야?"

"그래. 승전보를 들은 후에 검을 집어넣으려고 보니 손에서 가루가 부스러지더라. 그때야 내가 지금까지 들고 있던 게 쇠로 된 검이 아니었다는 걸 알아차렸지."

지금도 그 순간의 기억은 선명하다. 시선을 내렸을 때 보인 건 희미하게 빛나는 오러뿐이었다. 본래의 검은 마스터의 각성 오러를 이기지 못하고 터져나갔는지 흔적만 남아 있었다. 언제부터 그런 상태였는지는 기억도 나지 않았다. 전투 후반에 이르렀을 때쯤이었나. 움직임이 유달리 편해진 기분이 들었는데 아무래도 그때부터였던 것 같았다.

당시엔 그저 적들이 지친 탓이라고만 생각했다. 그만큼 난전이기는 했다. 실제로 현장에 있던 그 많은 사람 중에서 아무도 휴센의 각성을 알아본 이가 없을 정도였으니까. 그들 중 하나이기도 한 샴페인 용병들은 모두 당혹감을 감추지 못했다.

"승전보가 울린 그때라면 우리도 바로 근처에 있었잖아? 그런데 그때 이미 각성한 채였다는 거지?"

"헐, 진짜 전혀 몰랐어."

"소드 마스터라는 게 원래 이렇게 조용히 되는 거야?"

물론 그럴 리가 없다는 건 그들이 더 잘 알고 있었다.

마스터가 되는 순간은 사람마다 기록이 다르다. 어떤 이는 훈련하는 중에 갑자기 기가 폭발하기도 했고, 또 어떤 이는 죽음에 이르는 위급한 상황에서 불현듯이 각성하기도 했다.

그러나 확실한 건 그 순간이 사방에 알려질 만큼 몹시 눈에

띈다는 점이었다. 휴센처럼 자기도 모르게 되는 경우는 처음 들어보는 사례였다.

“왜 휴센만 다른 거야?”

“몰라. 나도 처음 겪어보는 일인데 그걸 어떻게 알겠냐?”

“왜 진작 말하지 않았는데?”

“밝힐 시기를 보고 있었어. 지금까지 계속 여러 일이 있었잖아. 괜히 눈에 띄어서 분란을 일으키기 싫었어.”

“그래도 우리한텐 말했어야지!”

“그래서 지금 말하잖아.”

물론 이런 일이 아니었다면 좀 더 시간을 두고 밝혔을 것이다. 어쩌면 끝까지 말하지 않았을지도 모르지만 휴센은 당당히 대꾸했다.

사실을 밝히면 지금까지와는 다른 세상이 열릴 것 같아서 무서웠다고, 솔직하게 말할 수는 없지 않은가.

“황제 폐하도 이 사실을 아셔?”

“모르겠다. 내 입으로 말씀드린 적은 없어. 하지만 지금 이릴이 한 말을 들어보니 왠지 아실지도 모른다는 생각이 들어. 사실 나도 내가 공작 작위를 받은 게 좀 신경 쓰이긴 했거든. …… 아무래도 짐작하신 거겠지?”

“그럴걸. 오러 색만 봐도 딱이야.”

“오러 색?”

이릴의 말에 모두가 의아한 표정을 지었다.

휴센은 아직도 자신의 손에서 빛나고 있는 오러를 바라보았다. 소드 마스터는 각자 발현하는 오러에 고유의 색을 띤다. 휴센의 것은 선명한 금색이었다.

"이게 왜?"

"휴센, 새로 받은 이름이 아우레스였지? 그거 고대어로 금색이란 뜻이거든."

"……!"

"마침 내가 아는 유일한 고대어라서 알아들었지 뭐야. 난 또 휴센이 금발이라서 그렇게 지으신 줄 알았지."

혀를 내두르는 이릴과 마찬가지로 다른 이들 역시 모두 할 말을 잇지 못했다.

"설마 그때 폐하는 휴센의 마스터 오러를 보신 건가? 그런데도 아무 말도 하지 않고 보내주신 거고?"

"그런가 봐."

"허어, 과연 황제는 황제시네. 만만하게 볼 분이 아니야."

겸허해진 그들은 수도가 있는 방향 쪽으로 일제히 경례했다. 이런다고 황제에게 보일 리는 없겠지만 그냥 뭐라도 해야 할 것 같은 마음에서였다.

"어쨌든 앞으로 어쩔 거야. 계속 감추고 살 수는 없잖아."

한바탕 소동이 정리된 후 대화는 다시 본론으로 이어졌다.

모두의 진지한 시선이 모여들자 휴센의 얼굴이 급격히 어두워졌다. 그 역시 내내 생각해오던 주제였다. 이르든 늦든 언젠가는 자신이 소드 마스터라는 사실을 밝혀야 할 때가 올 것이다. 하지만 그의 마음은 여전히 방황 중이었다.

"사실 나도 모르겠다. 어떻게 해야 할지."

"휴센."

"용병으로 사는 걸 그만둘 생각은 없어. 이건 내 정체성이기도 하니까. 하지만 소드 마스터는 하늘이 내리는 힘이라잖아. 내게 주어진 사명을 외면할 수도 없어."

창조 신화에 의하면 초인, 즉 마스터의 경지에 이른 자는 하늘이 택한 존재였다. 큰 힘을 받은 자는 마땅한 책임이 따르며 백성의 삶을 이롭게 할 사명이 있었다. 그렇기에 어느 나라에서든 초인에게는 드높은 작위를 수여했다. 귀속해두려는 목적도 있지만, 더 근본적으로는 주어진 사명을 의식하고 수월히 완수하라는 의미에서였다. 황제가 굳이 공작 작위를 내린 것도 그런 이유에서일 것이다. 그런데도 그는 용병으로 살아도 된다고 했고, 휴센은 내심 안심했다.

"드러내지 않으면 상관없지 않을까 싶었어. 끝까지 쓰지 않으면 어차피 없는 힘인 거잖아. 내가 바라지도 않은 건데 얻었으니 어떻게 써도 내 마음이지 않나 싶은 기분도 있었어."

"그런데?"

"……그런데 막상 여길 와보니까 신경 써야 할 것들이 너무 많이 보이는 거야. 개간되지 않은 토지, 가난에 찌들어 생기를 잃은 사람들, 주변을 둘러싼 열악한 환경, 흉악한 몬스터들……."

영주에겐 그 모든 걸 책임질 의무가 있었다. 모른다면 모를까 눈앞에 뻔히 보이는데 외면하기란 쉽지 않았다. 해야 할 일을 미뤄두고 놀고 있는 철부지가 된 것만 같아 내내 한숨을 달고 살았다.

"그래서 말인데. 언젠가는 영주 일을 한다고 할지도 모르겠다."

"……휴센."

"우습지. 주민들은 우리가 싫다고 날을 세우는데, 난 더 잘해보고 싶다니."

휴센은 자조적으로 웃었다. 그러자 쉐리가 쯧쯧 혀를 찼다.

"뭘 새삼스럽게. 난 진작 그럴 줄 알았는데? 휴센은 상대가 싫어할수록 집착하는 성향 있잖아."

"……뭐?"

"아니었어? 예전에 매튜를 포섭할 때도 그렇고, 상대가 귀찮아하고 거부하면 할수록 더 불타올라서 잘해주잖아. 전형적인 호구 성격이지."

"호구……."

사람을 변태적인 성향으로 모는 것으로도 모자라 이번엔 호구란다. 연이어 충격에 빠진 휴센은 그대로 넋을 잃었다.

푸하하 웃은 헤롤이 그런 그의 어깨를 두드렸다.

"걱정 마, 마스터. 그래서 우리가 옆에 있는 거잖아. 호구 짓이 너무 심하다 싶으면 적당히 말려줄게."

“……호구는 확정인 거냐.”

“솔직히 아니라고는 못 하겠거든. 마스터가 남의 어려운 처지 외면하지 못하는 건 고질적인 문제잖아?”

“맞아, 난 사실 휴센이 용병보다는 성직자에 더 어울린다고 생각했어. 물론 성직자라기엔 좀 속물적이긴 하지만.”

“보면 참 특이한 성향이란 말이야. 돈을 밝힐 대로 밝히면서 퍼주는 것도 좋아하다니.”

“그러니 호구라는 거지.”

“아마 폐하도 다 알아보셨을걸? 그래서 영주 일 안 한다고 해도 별말 안 하신 거야, 분명. 휴센이 모른 척하지 못할 거라는 걸 미리 계산하신 거지.”

“역시 숨길 수 없는 호구.”

휴센은 이제 완전히 대답할 여력을 잃었다.

반복적으로 듣는 호구 소리에 혼이 나갈 것 같았다. “대체 날 뭐로 봤던 거냐, 너희…….” 두 손으로 얼굴을 덮은 채 끙끙거리는 그를, 샴페인 용병들이 부드러운 시선으로 응시했다.

“뭐가 되든 우리가 함께할게.”

“……!”

“잘 찾아보면 용병과 영주를 둘 다 병행할 수 있는 길도 있을지 몰라. 마스터 혼자 감당하게 하지 않을 테니 걱정하지 마. 우리가 괜히 동료야?”

“너희…….”

휴센의 눈동자가 일렁거렸다. 씩 웃은 헤롤이 주먹을 내보이자 다른 이들도 일제히 주먹을 앞으로 내밀었다. 일련의 행동을 말없이 지켜본 휴센이 이내 피식 웃으며 그들의 주먹이 모인 곳에 자신의 주먹을 대었다.

"우린 잘할 수 있을 거야. 믿어, 휴센. 이제까지 그래왔잖아."

"그래."

가장 힘든 시절을 함께한 전우였다.

그런 그들이 하는 말이라면 아무리 허황된 소리라도 믿을 수 있었다. 누구와도 나눌 수 없는 든든한 연대감이 그의 가슴을 가득 채웠다.

이후로 그들은 오랫동안 대화를 나누며 본격적인 계획을 세웠다. 지금까진 용병의 삶을 고수하느라 소극적인 태도를 취해 왔지만 막상 관여하기로 작정하니 해야 할 일들이 무궁무진했다. 그래도 한동안은 신분을 드러내지 않고 길드 차원에서 바이칼을 정비해가자는 쪽으로 의견이 모였다.

"일단 낡은 방책이랑 다리부터 보수하자. 근방의 마을끼리는 안전하게 다닐 수 있도록 길을 닦아두는 게 좋겠어."

"우물도 늘려야 해. 마을 크기에 비해 수가 너무 적더라고. 그나마도 오염돼서 쓰지 못하는 게 더 많았고."

"영지 순찰도 강화해야겠지. 일단 적당한 장비부터 있어야 해. 자치대 보니까 다 농기구 들고 다니더라."

“나중엔 용병 학교를 세우는 거야. 거기서 전문 용병을 양성하는 거지. 이렇게 키운 용병을 각지로 파견하는 형식으로 수익을 벌고.”

문제는 역시 자금이었다. 해야 할 일도, 하고 싶은 일도 많은데 그 모두를 사십 명 남짓한 길드원들로만 충당하기엔 한계가 있었다. 결국 외부 인력을 들여야 한다는 말인데 지금 그들 수중에 있는 돈으로는 턱없이 부족했다. 영주로 운용할 수 있는 자금은 논할 것도 없었다.

“진짜 가난한 영지이긴 해. 아무리 돌아봐도 돈 나올 구석이 하나도 없다니.”

“어디에 숨겨진 광산이라도 있었음 좋겠다.”

그러는 동안 그들은 어느덧 정상에 가까워져 있었다. 화려한 석양 밑으로 단출한 마을의 전경과 태양의 신전이 보였다. 물론 그들은 금환이 세워져 있는 제단부터 확인했다. 꽤 어두워진 시간이었지만 불이 붙어 있는 덕분에 아직 형태가 잘 보였다. 오히려 주위가 어둡다 보니 빛나는 부분이 강조되어 더 붉은 금환처럼 느껴졌다.

“일단 시간은 맞춘 것 같은데, 제대로 찾은 게 맞을까?”

“그래야 할 텐데. 혹시 옆 봉우리는 아니겠지?”

“솔직히 어느 쪽 봉우리든, 이런 데서 누굴 만날 수 있을 것 같진 않아.”

마지막 쉐리의 말에 모두가 내심 공감했다.

산세는 험준하고, 몬스터도 많았다. 그들이나 되니 무탈하게 올라온 거지 어지간한 사람은 여기까지 닿지도 못할 것 같았다.

"어? 저건 뭐지?"

그때 이릴이 손으로 어딘가를 가리켰다.

금환이 보이는 방향 쪽, 가파른 벼랑 아래 유난히 그림자가 짙은 부분이 있었다.

"동굴인 것 같은데."

소드 마스터가 된 후로 비약적인 시력을 갖춘 휴센이 그림자의 정체를 알아보고 말했다. 머릿속을 스치는 어떠한 예감에 그들은 서로를 동시에 바라보았다.

"이런 곳에 동굴이라니, 뭔가 수상한 냄새가 나는걸."

"왠지 모든 사건의 시작이라는 느낌이지?"

"좋아, 가보자."

실행은 즉각 이루어졌다. 그들은 빠르게 벼랑을 타고 내려가 동굴 안으로 들어갔다. 좁은 입구와는 달리 내부는 생각보다 넓었고, 축축한 습기가 가득했다. 그러나 한참을 들어가도 아무런 일도 일어나지 않았다. 내심 던전을 기대했던 일행은 실망했지만 이왕 들어온 김에 안을 끝까지 살피기로 했다. 문제는 아무리 내려가도 길이 계속해서 이어진다는 점이었다. 보기보다 꽤 깊은 동굴인 것 같았다.

"이거 끝이 나오긴 하는 거야?"

어지간하면 질리는 일이 없는 이들이었지만 도저히 보이지 않는 끝엔 앓는 소리가 절로 흘러나왔다. 혹시 이곳이 정말 던전이고, 본인들이 함정에 빠진 건 아닌가 염려스러울 정도였다. 그렇게 거의 올라온 길만큼 내려온 것 같다고 느꼈을 때쯤, 어디선가 희미한 물소리가 들렸다. 드디어 끝이 나오는 건가 싶어 반색하던 일행은 곧이어 보이는 광경에 얼굴을 굳혔다.

가장 먼저 눈에 들어온 건 공간 가득 펼쳐져 있는 거대한 호수였다. 단지 민물은 아닌지 바닷물 특유의 짠 냄새가 코를 훅 찔렀다. 고인 물이 아니라는 것을 증명하는 선명한 물결의 흐름도 보였다. 분명 바깥에 있을 바다와 연결된 것 같은데 출구가 따로 보이지 않는 것을 보면 아마 지하에서 통로가 이어지는 듯했다.

그런데 그 앞에 누군가가 서 있었다.

"저거 사람이지?"

"그, 그런 것 같은데?"

홀로 서서 멍하니 석호를 바라보고 있는 이는 분명 사람의 형태를 하고 있었다. 그것도 꽤 앳된 얼굴을 한 소년으로 보였다. 그러나 이상하리만치 존재감이 흐렸다. 잿빛에 가까운 탁한 색의 머리카락, 피부 역시 핏기라곤 하나도 없이 창백했다. 마치 세상에서 지워진 존재처럼, 모든 색을 잃은 듯한 느낌이었다.

이윽고 인기척을 느낀 건지 소년이 천천히 그들을 돌아보았다. 방문자가 있을 줄 몰랐다는 듯 약간의 흥미를 담은 시선이었다. 소년이 먼저 입을 열었다.

"이곳에 인간이 찾아올 줄은 몰랐군요."

그렇다는 건 소년 그 자신은 인간이 아니라는 소리였다.

어느 정도는 짐작했던 일행은 그리 놀라지 않았다. 그 대신 만일을 대비해 각자 무기를 단단히 틀어쥐었다. 그러거나 말거나 소년은 그들에게 별로 관심이 없어 보였다. 텅 빈 눈동자에 떠오르는 건 지독한 권태뿐이었다.

"뭘 바라고 온 건지는 모르겠지만 그게 뭐든 잘못 찾았습니다. 얌전히 왔던 길로 돌아가세요. 지금 걸음을 돌린다면 그냥 보내주겠습니다."

나직이 떨어진 경고에 일행은 서로를 바라보았다. 짧은 시간 무언의 시선이 바쁘게 오갔다. 결국 압박을 견디다 못한 휴센이 앞으로 나섰다.

"한 가지만 확인해 주신다면 그러겠습니다."

"건방지군요. 지금 나와 흥정을 하자는 겁니까?"

소년의 목소리가 한층 건조해졌다.

명백히 기분이 상한 것을 느낀 휴센이 급히 손을 내저었다.

"그런 게 아닙니다. 반드시 확인해야 하는 것이 있어서 그렇습니다."

"……좋아요. 그게 뭡니까?"

"혹시, 당신이 푸른 날개이십니까?"

그러자 내내 무감해 보이던 소년의 표정에 약간의 균열이 일었다. 응시하는 시선에 이채가 돌았다.

“그 호칭은 어디서 들었습니까?”

“그럼 역시 당신이…….”

“아뇨, 내가 아니라 내 조부입니다.”

조부라고?

뜻밖의 답에 휴센이 눈을 크게 떴다.

“오랜만에 들어보는군요. 한때 내 일가의 수장을 뜻하는 별호였죠. 지금은 사어(死語)가 되어 아는 사람이 거의 없을 텐데.”

“무슨…….”

“하지만 이상하네요. 그분을 만나려면 여기로 와선 안 될 텐데요. 단순한 의미로 찾는 건 아닌 것 같고, 영광의 재현을 원하는 겁니까? 여기에 내가 있는 건 어떻게 알았죠? 누가 당신들을 보냈습니까?”

소년의 질문이 갈수록 다그치는 느낌에 가까워졌다. 눈빛이 차가운 걸 보니 누군가 그들을 통해 장난을 친다고 여기는 듯했다. 확실한 건 이제 곱게 보내줄 마음은 사라진 것 같다는 사실이었다. 휴센은 어떻게 답해야 할지 몰라 당황하다 그냥 자신이 아는 답을 말하기로 했다.

“무슨 말씀이신지 모르겠습니다. 저희는 그저 신탁을 받았을 뿐입니다.”

“신탁?”

“이 시각에 여기서 푸른 날개를 만나라고…….”

“……과연. 그게 어느 신의 신탁이었죠?”

"형벌의 신 엘뤼엔입니다."

그 순간 소년의 눈동자가 크게 흔들렸다.

지금까지 보인 반응 중에서 가장 큰 반응이었다.

휴센은 왠지 소년이 울 것 같다고 생각했다. 조금 전까지가 생기 없는 인형 같았다면 지금은 금방이라도 무너질 것 같은 위태한 느낌으로 보였다. 정작 여전히 무표정인 얼굴은 피 한 방울 흐르지 않을 것처럼 냉정해 보임에도 불구하고.

"증표는?"

"네?"

"지금 내 꼴이 보입니까? 뭔가 이상하게 보이지 않나요? 그럴 겁니다. 힘을 모두 빼앗기고 유폐된 상태거든요. 일족이 내린 저주죠. 그나마 신성한 기운이 강한 달이라 오늘에서야 잠시 의식을 차린 겁니다. 이래도 내일은 또 잠들겠지만."

"무슨……."

"이 상태에선 아무것도 못 한다는 겁니다. 그러니 증표를 보여주세요. 당신들을 이곳으로 보낸 존재가 정말 나를 만나길 바랐다면 뭔가 건네준 게 있을 겁니다."

"그 사제님께 딱히 받은 건 없습니다만……."

그러나 실망할 거란 예상과는 달리 소년은 그저 물끄러미 휴센을 바라보기만 했다.

그 시선이 그의 가슴 부근에 닿았다.

"좋은 향이 나는군요."

"예? 좋은 향이요?"

"주머니에 들어 있는 건 뭡니까? 아주 귀한 것 같은데요."

"무슨…… 아!"

휴센은 반사적으로 가슴을 짚었다. 두툼한 가죽조끼 안쪽으로 딱딱한 것이 만져졌다. 분명 이 안에는 진귀한 것이 들어 있었다. 겉으로 표시도 나지 않을 텐데 소년이 알아봤다는 사실에 휴센은 당황스러움을 감출 수가 없었다. 등허리에서 식은땀이 흐르는 것 같았다.

"저, 이건……."

"보여주세요."

내뱉는 어조는 평이했지만 묘한 힘이 담겨 있었다. 짧은 갈등 끝에 휴센은 품 안에서 꾸러미를 꺼내 들었다. 겉을 감싸고 있는 깨끗한 천을 떼어내자 매끈한 호리병이 드러났다.

그건 언젠가 매튜가 필요할 거라며 준 신주였다. 이걸 건네줬을 때 매튜는 앞으로 술을 원하는 자들을 만날 거라 했었고, 실제로 지금까지 수많은 자를 만나왔다. 갖은 말로 구슬리는 그들을 거절하느라 내심 고초도 컸다. 그래도 아무에게나 줄 생각은 없는지라 앞으로도 다 거절할 예정이었다.

"그걸 내게 주지 않겠습니까?"

그런데 왠지 소년의 말은 거부하고 싶지 않았다.

왠지 그래야만 할 것 같았다.

휴센은 슬그머니 일행을 돌아보았다. 그러자 눈이 마주친 이들이 모두 천천히 고개를 끄덕였다. 그들 역시 비슷한 기분을 느끼고 있었다.

결국 휴센은 홀린 듯이 신주를 소년에게 넘겨주었다. 조심스럽게 받아든 후에도 소년은 한동안 먹먹한 얼굴로 호리병을 바라보기만 했다. 이윽고 소년이 호리병의 덮개를 열고 조심스럽게 내용물을 한 모금 삼켰다. 그러자 창백하던 얼굴에 온기가 돌기 시작했다. 공허한 눈동자에도 빛이 깃들면서 잿빛의 머리칼에 점차 색이 더해졌다. 물감이 번지는 것처럼 빠르게 퍼져나가는 색은 바다 만큼이나 짙푸른 청색이었다.

그건 마치 죽은 사람이 살아나는 것 같은 광경이었다. 석고상이 생명을 얻은 것 같기도 했다. 놀라운 모습을 목격한 일행은 모두 눈을 부릅뜨다, 가만히 숨을 죽였다. 가만히 감겨 있는 소년의 눈에서 어느새 맑은 눈물이 흘러내리고 있었다. 왠지 봐서는 안 될 장면을 보는 것만 같았다.

이윽고 다시 눈을 뜬 소년이 휴센 일행을 가만히 응시했다. 물기 어린 시선이 닿을 때마다 일행은 안절부절못했다.

"땅의 왕은 함부로 기회를 주지 않죠. 당신들…… 물의 정령왕과 인연이 있군요."

이어진 말에 그들은 당황한 표정을 지었다. 그러나 애초에 답을 기대한 질문은 아니었던지 소년은 바로 다음 말을 이어갔다.

"내가 당신들을 도우면 그분의 분노가 풀릴까요?"

"네……?"

"아뇨, 사실 그건 아무래도 상관없습니다. 이대로 아무것도 안 하는 것보다는 낫겠죠. 갑시다."

"어, 어디를?"

"그야 당신들이 머무는 곳이죠. 날 그곳으로 안내하세요."

그렇게 말하면서도 소년은 이미 그들을 지나쳐 앞서간 상태였다. 뒤늦게 상황을 파악한 일행이 서둘러 그의 뒤를 따랐다.

그렇게 이동하는 동안 소년은 여러 가지를 물었다. 어디서 왔는지, 어느 지역 출신이며 무슨 일을 했는지, 앞으로 무엇을 하려는지. 왜 이런 걸 묻는지 의도를 알 수가 없는 질문뿐이었다. 그럼에도 일행은 질문을 받을 때마다 꼬박꼬박 대답했다.

"그렇군요. 용병 길드를 만들었다고요."

"네, 하지만 이곳 주민들이 워낙 배타적이라서 곤란한 상황입니다."

"그래요?"

"과거의 일로 용병들에 대한 인식이 좋지 않은 것 같습니다. 아칸서스라는 분을 만나 인정을 받아야 한다는데, 아직 어디에 있는지도 찾지 못했습니다."

"아아, 그건 이제 괜찮을 겁니다."

"네?"

"그 문제는 신경 쓰지 마세요. 그보다 왜 용병입니까? 당신들은 그보다 더 귀한 신분을 가진 것 같은데요. 귀족이 됐잖습니까."

"그, 그건 어떻게?"

"짐작해본 겁니다. 소드 마스터나 그에 근접한 경지 정도면 어딜 가도 괜찮은 작위는 받더군요. 연고지도 없는 곳에 정착하기로 한 걸 보면 이곳을 봉토로 받은 거겠네요. 휴센이라고 했던가요. 당신이 이곳의 영주가 됐습니까?"

일행은 이제 더는 놀라기를 포기했다.

도대체가 이 소년이 모르는 게 있기는 한 걸까 싶었다. 될 대로 되라 싶은 기분에 휴센은 솔직하게 답했다.

"제가 영주 맞습니다. 아직 밝힐 예정은 없습니다만."

"왜죠?"

"그…… 아직은 용병의 삶이 더 좋다 보니……."

이어지는 대답에선 휴센은 자기도 모르게 말끝을 흐렸다. 자신에게 당당하지 않은 건 아니었지만, 그의 기준이 일반적인 시선에선 이해를 바라기 어렵다는 건 알고 있었다. 대체로는 철없는 소리를 한다며 한심한 시선을 보낼 만한 사유였다.

그런데 의외로 소년은 선선히 고개를 끄덕였다.

"용병으로서 끝을 보고 싶은 겁니까? 내 조부와 비슷한 꿈을 꾸는군요. 그래요. 그것도 나쁘진 않겠네요."

"아……."

"다행히 지금 당신 곁에 있는 사람들은 좋은 사람들 같으니까요. 내 조부는 쓰레기들과 어울리는 걸 즐기는 바람에 망쳤죠. 처음부터 예정된 실패였습니다."

물론 그가 하는 말은 전혀 이해할 수 없었지만. 그래도 인정을 받았다는 생각에 휴센은 기분이 좋아졌다. 그때까지만 해도 휴센은 이 소년에 대해 이제 더는 놀랄 일이 없을 거라 여기고 있었다. 물론 단단히 착각을 한 셈이었다.

마을 입구에 이르자 수호대 병사들의 놀란 시선이 박혔다.

처음엔 소년의 외모 때문인 건가 싶었다. 화려하면서 섬세한 아름다움을 지닌 소년은 이런 시골에서는 흔히 볼 수 없는 귀티 있는 모습이었으니까. 하지만 자세히 살피니 왠지 느낌이 조금 달랐다. 그들은 마치 소년이 이곳에 있다는 것 자체를 믿을 수 없어 하는 것 같았다.

이런 현상은 마을 안에서도 비슷했다. 지나가는 사람마다 걸음을 멈추고 귀신이라도 본듯한 표정으로 그들을 바라보았다. 이쯤 되니 무언가 이상하다는 생각을 안 할 수가 없었다.

다행인지 불행인지 의문은 금방 풀렸다.

"세상에, 아칸서스 님!"

"엥?"

"아칸서스 님, 돌아오셨군요!"

멀찍이서 누군가가 경악하는 소리가 들렸다.

그는 소년을 향해 소리치고 있었다. 일행의 시선이 일제히 소년을 향했다.

"……아칸서스?"

세로 약 8cm
가로 약 6cm
(받침대 포함)

그러나 소년은 소리친 사람을 향해 그저 가볍게 손짓만 해 보일 뿐이었다. 그러자 그걸 시작으로 사방에서 사람들이 나타나기 시작했다. "뭐? 아칸서스 님?" "아칸서스 님이라고?" 점차 가까워지는 술렁임이 위협적일 정도였다. 인파가 몰리기 전에 자리를 피해야겠다고 판단한 일행은 소년을 데리고 서둘러 길드 안으로 들어갔다. 그러자 안에서 늘어져 있던 용병들이 깜짝 놀라 몸을 일으켰다.

"어, 마스터. 생각보다 빨리 돌아왔네? 근데 그 애……분은 누구셔?"

반갑게 인사를 건네던 코웰이 소년을 발견하고 급격하게 목소리를 낮췄다. 다른 용병들도 모두 살피는 시선으로 소년을 주시했다. 눈에 띄는 외모다 보니 귀족이 방문한 거라 생각한 것 같았다.

휴센은 나중에 설명해주겠다는 말로 설득하고 모두를 내보냈다. 그렇게 용병들이 나가고 한결 넓어진 공간 안엔 다시 소년과 휴센 일행만이 남았다. 그제야 휴센은 참아왔던 말을 겨우 내뱉을 수 있었다.

"당신이, 아칸서스였습니까?"

그동안 소년은 태연히 주위를 둘러보고 있었다.

휴센을 돌아본 소년이 빙긋 웃었다.

"그것도 조부의 이름이죠. 가명이지만."

"대체……."

"워낙 쓸데없는 짓을 많이 하고 다니시는 분이거든요. 저들은 날 아칸서스의 후예로 알고 있어서 그렇게 부르는 겁니다. 그게 사실이기도 하고."

"그, 그렇군요."

"물론 삼 대째 같은 사람이 후예라는 건 모르지만요."

"……."

"조부가 제게 수습을 떠넘기시는 바람에 후손 역할을 해야 했거든요. 생각보다 재밌어서 좀 더 해보자 하던 게 어느새 여기까지 이어진 거죠."

그 정도면 그냥 아칸서스 본인이라고 해야 하는 게 아닐까. 하지만 휴센은 따져 묻는 대신 그냥 체념하는 걸 택했다. 지난 경험상, 인간의 기준에서 이해할 수 없는 일이 일어날 땐 이해를 포기하는 편이 더 편했다. 하물며 이보다 더 엄청난 일도 숱하게 겪지 않았던가. 그거에 비하면 별거 아니라 생각하니 마음이 한결 편해졌다.

"그…… 인간은 확실히 아니신 거네요."

마이티가 소심하게 중얼거린 말에 소년이 다시 웃었다.

"내 진짜 이름은 오칼입니다."

"오칼?"

무심코 되묻는 휴센을 향해 소년— 오칼이 한 손을 내밀었다. 휴센은 거의 반사적으로 그 손을 맞잡았다.

"힘을 빌려주겠습니다. 내 조부가 그가 택한 인간들에게 그러했듯이. 필요한 모든 걸 지원할 테니 한번 원하는 만큼 높아져 보세요. 당신들을 내게 보낸 분도 그걸 원하시겠죠."

의미심장한 발언에 휴센은 물론 지켜보는 이들 모두가 마른침을 삼켰다. 오칼의 푸른 눈동자가 화사한 빛을 품었다.

"당신들은 이 땅에서 영광의 재현을 이룰 겁니다."

하늘이 내린 기연. 훗날 수많은 역사가와 호사가의 논쟁에서 빠지지 않는 특별한 인연의 이야기.

그 시작이었다.

외전 2

1.

―그건 까마득한 옛 시절의 꿈.

흐느끼는 소리에 루세프는 한숨을 내쉬며 안으로 들어섰다. 구석진 곳에서 무릎을 모은 채 울고 있던 소녀가 기척을 느꼈는지 천천히 고개를 들었다. 화려한 은발이 흐트러지며 푸른 사파이어처럼 새파란 눈동자가 드러났다. 지금 소녀의 앞에 서 있는 루세프와 완전히 똑같은 색이기도 했다.

그들 일족에서 오직 한 존재에게만 부여되는 색. 그 빛나는 명예의 색을 지닌 소녀는 늘 자신감이 넘치고 활기찼다. 하지만 지금은 그런 모습을 조금도 찾을 수 없는 상태였다. 일족에서 가장 아름답다 칭송받는 얼굴이 얼마나 울었는지 퉁퉁 부어 있었다. 루세프의 표정이 흐려졌다.

"아직도 이러고 있는 거냐."

"……루세프 님."

천마대전이 끝난 지도 일 년이 지났다. 지금 누구보다 가장 진통을 앓고 있는 건 왕을 비롯한 지도자들을 전부 잃은 마계겠지만, 신계 역시 지독한 후유증을 앓았다. 그렇게 참혹한 전쟁은 그들 모두가 처음이었다. 당시 전방에서 크게 활약했던 유니콘의 룬은 전투가 끝난 후 완전히 망가졌다. 우는 것만이 유일하게 할 수 있는 일인 것처럼, 자거나 먹는 것도 잊은 채 온종일 눈물만 흘렸다. 루세프는 그런 아이를 말리지도 못하고 그저 지켜보기만 할 수밖에 없었다.

"몇 번이나 말했지만 이제 충분히 괴로워했다. 죄책감은 이만 버려라. 우린 신계를 지키는 존재다. 넌 주어진 소임을 다한 것뿐이야."

"알고 있습니다. 하지만……."

룬이 이렇게까지 망가진 이유는 알고 있었다. 마지막 순간 모두의 앞에서 목숨을 끊은 아스모델은 본래 천군 소속이었고, 룬과도 절친했다. 서로 적이 된 것만으로도 괴로운 상황이었을 텐데 당시 그를 구석으로 몰아넣는 데 가장 결정적인 역할을 한 게 루세프의 수호대였다. 그때의 선봉장으로서, 친구가 죽음을 택하도록 만들었다는 자책감을 견디지 못하는 것이다.

'차라리 기억을 지우는 게 좋을까.'

유니콘은 강한 정신력을 타고나도록 창조된 존재다. 하지만 아무리 그래도 모든 감정을 전부 다 견디는 건 아니었다. 특히 정이 많은 아이일수록 슬픔에 잘 무너졌다. 이럴 줄 알았으면 드래곤처럼 기본 성향에 냉정함도 추가했어야 했다고, 루세프가 내심 후회할 때였다.

"저런, 이런 데 숨어서 우는 거야? 가엾게도."

그 순간 들려온 목소리에 루세프는 몸을 굳혔다. 귓가에서부터 시작된 소름이 전신으로 빠르게 퍼져나갔다. 당황해서 돌아본 곳엔 믿기지 않는 존재가 서 있었다. 밤보다 더 짙은 흑발, 그보다도 더 새카만 눈동자를 지닌 남자가 그를 향해 빙긋 웃었다.

"안녕, 루세프. 요즘 얼굴 보기 어렵네?"

"카, 카노스."

지금 그가 있는 곳은 어느 외진 중간계로, 룬의 요양을 핑계로 내려온 곳이었다. 설마 이곳을 마신이 알아낼 줄도 몰랐고, 찾아올 줄은 더더욱 예상하지도 못했다. 그의 미소를 도저히 반가움으로 해석할 수가 없었던 루세프는 입술을 깨물었다.

"여긴 어떻게……."

"도망자 생활은 재밌어? 날 피하기만 하면 다 해결될 줄 알다니 어리석네."

"난 피해 다닌 적……."

"다들 그렇게 말하더라. 네겐 좀 더 참신한 답변을 기대했는데 말이야."

"……."

"하긴, 대외적인 핑계는 아픈 룬의 요양이었지? 확실히 상태가 안 좋아 보이긴 하네."

카노스의 시선이 룬 쪽을 향했다. 룬은 흠칫 어깨를 떨면서도 각오한 듯 겸허한 표정이었다. 루세프가 초조한 눈으로 카노스를 바라보았다.

"그 앤 그저 명을 따른 것뿐이야. 제발 해치지 마."

"해친다고 하진 않았는데?"

"거짓말 마. 네가 아무런 용건 없이 왔을 리가 없잖아."

"그걸 알면 판단을 잘하지 그랬어."

기습처럼 파고든 말에 루세프는 잠시간 아무런 목소리도 낼 수 없었다. 카노스는 파랗게 질린 그의 얼굴을 느긋하게 바라보았다.

"누군가가 검을 들고 찌른다고 해서 도구가 된 검 자체를 탓할 사람은 없겠지. 하지만 그 도구는 위험하다고 인식하게 돼. 위험한 걸 치워두고 싶은 건 누구에게나 당연한 심리고."

그 순간 온몸이 무언가에 묶이는 듯한 기분이 들었다. 루세프는 당황해서 저항하려 했다. 하지만 아무리 움직여도 꼼짝도 할 수가 없었다.

"카노스? 이게 무슨 짓이야! 당장 이거 풀어! 카노스!"

아무도 듣지 않는 외침이 허무하게 흩어졌다. 그동안 카노스는 떨고 있는 룬 앞에 몸을 굽히고 앉았다. 코앞에서 마주한 마신의 모습에 룬의 얼굴이 공포로 일그러졌다.

"카, 카노스 님."

"응, 왜?"

"잘못, 잘못했습니다. 제, 제발, 요, 용서를……."

"널 탓하는 게 아니라니까 그러네."

다들 날 악당으로 본단 말이야, 기대에 보답하고 싶어지게. 혼잣말로 중얼거린 카노스가 장난스럽게 웃었다. 물론 겁먹은 룬은 숨을 더 크게 삼켰다. 이윽고 그가 손을 뻗어 룬의 머리를 짚었다. 생각지 못한 접촉에 룬이 몸을 움찔 떨었다.

"떨지 마. 금방 끝날 거야."

"흐윽, 흐으…… 요, 용서를……."

"제 사명에 충실한 기특한 아이니 대대로 그 소명을 지키게 해줄게. 앞으로는 네 직계 혈통으로만 룬의 힘이 이어질 거야. 네 핏줄이 끊기면 룬의 명맥도 끊길 거다. 아, 하지만 걱정하지 마. 그 대신 네 직계이기만 하면 스스로 힘을 폐하지 않는 한 누구든 룬이 될 수 있을 테니까. 그 몸에 다른 종족의 피가 섞이더라도."

그건 마신의 언령으로 이뤄진 저주였다. 스멀스멀 온몸을 파고드는 차가운 감각에 룬은 부르르 몸을 떨었다. 한계까지 부릅뜬 눈에서 눈물이 주르륵 흘러내렸다.

"내 아이들을 찢어발긴 그 힘, 치열하게 잘 지켜나가 봐."

마지막 말이 떨어짐과 동시에 룬이 까무룩 의식을 잃고 그대로 풀썩 쓰러졌다. 그제야 몸이 풀려난 것을 느낀 루세프가 서둘러 의식이 없는 룬의 상태를 살폈다. 원망의 시선으로 돌아보는 그를 향해 카노스가 빙긋 웃었다. 루세프는 끓어오르는 화를 억지로 가라앉혔다.

"이게 대체 무슨 짓이야."

"보다시피. 독을 심었지."

룬은 유니콘 일족의 제사장이자 왕 같은 존재다. 룬이 되는 자는 창조신인 루세프와 같은 머리와 눈 색을 지니게 되며 특별한 힘을 부여받았다. 하지만 그 대상이 딱히 존귀한 대우를 받지는 않았다. 딱히 정해진 조건 없이 차례대로 이어가는 임기제였기 때문이다.

특별하지만 기다리기만 하면 누구나 오를 수 있는 자리. 임기 순서도 알아서 무작위로 진행되기에 누구도 임명에 관여할 수 없는 구조였다. 문제를 일으키면 자격이 바로 박탈되었으며, 본인이 감당하고 싶지 않으면 편하게 포기할 수도 있었다. 평등하고 공정한 세상을 위해 루세프가 고심해서 정한 체계였다. 그런데 지금 그 체계를 카노스가 완전히 망가트린 것이다.

하나의 혈통에서만 왕이 태어나면 수많은 문제를 야기할 것이다. 룬은 타고난 피를 자랑스러워하는 만큼 오만해질 것이고, 싫어도 평생 의무를 짊어져야 한다. 평범한 유니콘들은 룬을 존경하고 동경하는 만큼 시기할 것이다. 수많은 책임감과 제약을 강요하고 서로 바라는 게 많아질 터였다. 룬의 피를 지키기 위해 더 배타적이 되고, 더 폐쇄적이 될 게 뻔했다. 카노스의 말대로 이건 독이었다.

“풀어줘.”

“글쎄, 어쩔까.”

“이런 식의 화풀이는 옳지 않아. 모두가 어쩔 수 없었단 거 알잖아.”

“화풀이라고 생각하다니 서운하네. 마계에 제약을 두는 김에 이쪽도 균형을 맞추는 것뿐이야. 네 말대로 모두가 어쩔 수 없는 일이었는데 한쪽에만 제재가 가해지는 건 불공평하잖아?”

“…….”

“이래 봬도 나름 평화롭게 처리한 거야. 진짜 정산은 시작도 안 했는데, 이게 그렇게 마음에 안 들어?”

당연한 것을 묻는 카노스가 얄미워서 루세프는 주먹을 꾹 움켜쥐었다.

“좋아, 그럼 돌이킬 방법을 알려줄게.”

“……!”

“이 저주를 푸는 방법은 간단해. 룬에게 마신의 피를 먹이면 돼.”

일말의 희망을 품었던 얼굴이 마침내 절망으로 일그러졌다. 유니콘은 마속성과 완전히 상극의 기운을 가진 생물이었다. 마신의 피를 마시면 저주는 풀리더라도 룬은 그 자리에서 그대로 절명할 게 분명했다. 한마디로 말해 누군가 하나를 희생해야 한다는 소리였다. 물론 카노스는 루세프가 그런 방식으로 해결하느니 차라리 독을 품고 갈 성격이라는 걸 누구보다 잘 알고 있는 이였다. 결국 완곡한 거절인 셈이었다.

"……난 정말 널 좋아할 수 없을 거야."

루세프가 이를 갈며 말했다. 흑요석처럼 새카만 카노스의 눈동자가 더 짙어졌다.

"상관없어."

*　　*　　*

"피를 마셔도 죽지 않는 방법, 진작 알려주면 좋았잖아."

루세프는 팔을 베고 누운 상태에서 들고 있는 것을 바라보았다. 그가 손에 쥐고 있는 건 작은 유리병이었다. 입구 부분을 조금씩 움직일 때마다 안에 들어 있는 붉은 액체가 금색 가루와 함께 찰랑거렸다. 본래 장식물로 만들어졌다고 해도 믿을 만큼 아름다운 빛깔이었다. 이걸 보고 예쁘다고 생각한 이는 안에 든 액체의 정체가 피라는 걸 알면 기함할 것이다. 하지만 신의 피라는 걸 알게 되면 그 경악은 다시 감탄을 넘어 탐욕으로까지 이어지리라.

'심지어 이제 구할 수도 없는 마신의 피라면 말이야.'

지금 당장 문을 열고 나가기만 해도 산다는 이들이 군대 규모를 이룰 거라는 것에, 그는 자신이 지금까지 쌓아온 모든 걸 전부 걸 수 있었다. 팔아주기만 하면 뭐든지 다 하겠다는 이도 해일처럼 쏟아질 게 분명했다.

물론 절대 팔 생각은 없지만.

"내 마음이야."

유리병을 준 이가 건네주면서 했던 말이 떠올라서 루세프는 잠시 얼굴을 찌푸렸다. 생각해 보면 카노스는 그때부터 이미 마지막을 준비했던 게 분명했다. 평소답지 않게 너그러운 행동을 할 때 눈치를 챘어야 했다. 사람이 달라지면 죽을 때가 된 거라는데, 설마 마신도 그럴 줄 누가 알았겠는가.

"아무튼 방심할 수가 없는 놈이야. 어떻게 끝까지 뒤통수를 치냐."

마신이 소멸했다.

신계는 최고신 중 하나를 잃었다.

상기할 때마다 씁쓸하기만 한 그 사실을 루세프는 아직도 좀처럼 받아들이기 힘들었다. 혹시 자신이 옆에 있었다면 막을 수 있었을까? 이제 와선 아무런 의미가 없다는 걸 알면서도 미련을 놓지 못했다.

그때 그는 신계에 있었고, 악신에게 감화하여 날뛰는 자들을 제압하느라 정신없이 바빴다. 방어하는 이는 적은데 정화 속도에 비해 감화자가 불어나는 속도가 너무 빨라 따라잡을 수가 없었다. 솔직히 말해서 이제 다 틀렸다고 생각했다. 그런데 문득 지축이 흔들리는 듯한 감각이 일더니, 감화자들이 갑자기 실 끊긴 인형처럼 우르르 쓰러졌다. 그렇게 지독하던 악신의 영향력이 하나도 느껴지지 않았다.

악신의 소멸에 성공했구나. 루세프는 환호성을 지르고 싶은 걸 꾹 참았다. 아크아돈 쪽으로 내려간 이들이 결국 해낸 것이다. 그런데 어딘지 모르게 이상한 기분이 들었다. 마치 무언가를 잃어버린 듯, 허전하고 기묘한 느낌이었다.

“뭐야, 이거?”

당황한 그는 반사적으로 근처에 있던 엘뤼엔을 돌아보았다. 그 역시 무언가를 느낀 듯 표정이 굳어 있었다. 어딘가를 똑바로 주시하고 있는 채였다. 그 시선이 향한 곳을 따라 고개를 돌린 루세프는 위화감을 느꼈다. 이번에도 왠지 있어야 할 것이 없는 듯한 허전함이었다.

없어진 게 뭔지 깨달은 순간엔 턱 하고 숨이 막히는 것 같았다. 신계에서 가장 큰 궁처는 마신의 궁처다. 그의 궁처에 세워진 검은 탑은 신계 어디에서도 뚜렷이 보이는 것으로도 유명했다. 그런데 그게 전혀 보이지 않았다. 익숙한 전경에 위화감이 생긴 이유가 바로 그 때문이었다.

엘뤼엔은 곧바로 중간계로 내려갔고, 그는 그대로 정신없이 마신의 궁처로 이동했다. 그럴 리가 없다는 걸 알면서도 자신이 착각한 것이길 바랐다. 그러나 도착해서 본 광경은 예상과 크게 다르지 않았다. 당연히 있어야 할 웅장한 궁처가 흔적도 없었다.

그곳에 남겨져 있던 건 넋을 놓고 주저앉아 있는 천사들뿐이었다. 그들 모두 마신이 다른 신에게서 강제로 빼앗아온 천사들이었다. 한때 검은색이었던 그들의 날개 색이 전부 흰색으로 바뀌어 있었다. 다시 본래의 신력이 돌아왔다는 것쯤은 자세히 살피지 않아도 알 수 있었다.

"대체 뭐가 어떻게 된 거야."

루세프는 빠르게 주위를 살폈다. 찾으려는 건 처음부터 명백했다. 마신의 첫 번째 천사이자 유일한 천사인 유비아. 그라면 이 모든 상황을 알기 쉽게 설명해줄 터였다. 하지만 그 어느 곳에서도 유비아의 모습이 보이지 않았다. 할 수 없이 그는 근처에 있던 천사 중 하나를 붙들고 다그쳤다.

"유비아는? 유비아 어딨어?"

대답은 돌아오지 않았다. 그가 아무리 캐물어도 천사들은 그저 멍하기만 했다. 신력이 갑자기 바뀐 충격 탓인지 눈을 뜨고 있어도 의식은 없는 상태인 것 같았다.

"이건 예감이 좋지 않구나."

뒤쪽에서 들려온 음성에 루세프는 멍하니 돌아보았다. 언제 온 건지 라데카가 서 있었다.

"라데카, 카노스가 대체 무슨 짓을 한 것 같아? 이 미친 자식이 악신 잡겠다고 설치다 궁처까지 날려 먹은 건가?"

"그라면 무슨 짓을 해도 이상한 이는 아니지."

"농담하지 말고."

"이러고 있지 말고 일단 내려가 보자꾸나. 그러면 정확한 상황을 알 수 있지 않겠느냐?"

맞는 말이라고 생각한 루세프는 즉시 아크아돈으로 이동했다. 그때까지만 해도 그에겐 그저 황당한 감정밖에 없었다. 늘 예측 불가능한 짓을 저지르는 마신이 이번에도 한 건 해냈다고. 원숭이도 나무에서 떨어진다더니, 뭔가 큰 실수를 저지른 게 분명하다고 여겼다. 내심 한편으론 그간 약 올리듯이 수집하던 천사들을 전부 잃은 게 고소하기도 했다. 만나면 놀려주리라 결심까지 했다.

그러나 내려간 곳에서 그를 기다리는 건 인정할 수 없는 현실뿐이었다. 재회를 기대했던 카노스는 보이지 않았다. 그 대신 눈에 보이는 증거와 들려오는 증언이 전부 하나만을 알려주고 있었다.

아무리 부정하고 싶어도 받아들이지 않을 수가 없었다.

카노스, 그가 정말로 소멸했다는 걸.

"하필이면 그런 식으로 떠나버릴 건 뭐야."

사실 궁처가 사라졌다는 건 그 주인이 더는 세상에 존재하지 않는다는 의미다. 아마 페르데스든 누구든, 다른 신의 궁처가 사라졌다면 곧바로 소멸했다고 생각했을 것이다. 그런데도 그는 카노스의 소멸 가능성은 단 한 번도 생각하지 않았다. 천지가 개벽해도 그런 일만은 일어날 리가 없었으니까. 그의 머릿속에서 그건 전제 자체가 불가능한 일이었다. 하지만 이미 알고 있었지 않은가. 마신은 언제나 예측대로 행동하는 법이 없다는 걸.

"역시 난 네가 좋아지지 않을 것 같다."

루세프는 병 안에 담긴 붉은 액체가 마치 그라도 되는 듯이 노려보았다.

"상관없어."

그러나 이렇게 대답할 이는 이제 더는 존재하지 않는다. 아무리 기다려도 유비아가 끝내 나타나지 않는 것처럼. 루세프는 다시금 씁쓸한 한숨을 삼켰다.

"아직도 그러고 있어?"

문득 들려온 음성에 루세프는 힐끗 시선을 들어 올렸다. 훤칠하게 큰 여인이 머리 위에서 그를 내려다보고 있었다. 높게 올려 묶었음에도 허리 아래까지 흘러내린 풍성한 머리카락이 가지각색으로 화려했다.

"이오웬."

직속 상관의 등장에 놀란 루세프가 급히 몸을 일으켜 세웠다. 이오웬의 시선이 그가 들고 있는 유리병에 닿았다. 선명한 붉은 액체를 응시하는 금빛의 눈동자가 잠시간 일렁거렸다.

마신의 궁처도 사라졌고 심판관도 사라졌다. 마계는 언젠가 새로운 관할 신이 생길 것이고, 그에 동화되어 성질이 완전히 달라질 것이다. 그 안에 속한 마족들도 마찬가지였다. 그렇게 되면 저 피가 카노스가 남긴 유일한 흔적이 된다. 하지만 이오웬은 흔들리는 마음을 다잡았다.

"룬의 저주를 끊고 싶다며. 그런데 왜 아직도 그걸 안 건네줬어? 결정을 못 내리는 거야, 아니면 안 내리는 거야?"

"……못 내리는 거."

"왜 못 내려?"

"이건 내가 결정할 게 아니라 본인이 결정할 일인 것 같거든."

룬에 관한 일이니 역시 룬의 의사가 먼저였다. 평생 룬 때문에 고통당했으니 당사자에게 결정권을 주고 싶었다. 뜻을 이해한 이오웬이 뭐가 문제냐는 표정을 지었다.

"그럼 본인에게 물어보면 되잖아?"

이 시점에서 당연히 나올 수밖에 없는 질문이었다. 하지만 그게 말처럼 쉬웠으면 이렇게 고통받을 일도 없겠지. 루세프의 얼굴이 급격히 우울해졌다.

"그게 말이야. 꽤 심각한 문제가 있어."

"문제라니?"

"……아."

"뭐?"

제대로 듣지 못한 이오웬이 되물었다. 루세프는 이제 완전히 울상이 되어 있었다.

"시벨리우스가 아직도 날 만나주지 않아."

2.

—똑똑

문득 들려온 소리에 시벨리우스의 얼굴이 굳었다. 한창 감자를 썰던 손이 우뚝 멈췄다. 옆에서 메모하고 있던 이들이 어리둥절한 표정으로 그를 바라보았다.

"시벨 님?"

"혹시 지금 누가 문을 두드렸어?"

"아뇨?"

"아무 소리도 없었습니다."

답하는 얼굴들에 거짓은 없었다. 꽤 선명한 소리였는데도 아무도 그 소리를 듣지 못한 것 같았다. 문제는 지금 이 순간에도 그는 같은 소리를 듣고 있다는 사실이었다.

—똑똑똑

"전혀 안 들린단 말이지."

"네, 무슨 소리를 들으셨습니까? 제가 나가 볼까요?"

"……아니, 아무것도 아냐."

역시 또 그건가. 이번에는 아니길 바랐던 그는 예상을 벗어나질 않는 현실에 한숨을 내쉬었다.

노크 소리의 정체가 뭔지는 잘 알고 있었다. 그의 창조신인 루세프의 호출이다. 처음엔 인지하지 못했지만 한번 깨달은 후엔 선명히 감지했다. 그러나 몰랐을 적이나 지금이나 그는 단 한 번도 그 호출음에 응한 적이 없었다. 머릿속에서 직접 울리는 소리다 보니 귀를 막아도 소용없다는 게 매우 유감이었다.

—똑똑똑똑

'끈질겨.'

오늘 밤 꿈자리도 사납겠구나. 시벨리우스는 한숨을 내쉬었다. 호출음을 무시하고 나면 그의 창조신은 꿈에 찾아와 만나달라고 징징거렸다. 여기서 만나달라는 건 문자 그대로의 의미가 아니라 접신하라는 뜻이다. 그 소리를 밤새 한 귀로 듣고 흘리는 것도 고역이다 보니 생각만 해도 기분이 급속도로 가라앉았다.

처음 몇 번은 이러다 포기할 줄 알았다. 그런데 오히려 갈수록 더 집요해지는 것 같았다. 솔직히 말해 지겨웠다. 도저히 집중할 기분이 아니라 시벨리우스는 결국 요리를 멈추고 손을 씻었다.

"오늘은 머리가 아파서 더는 안 되겠다. 레시피는 줬으니까 대충 알아서 진행해."

스왈트 제국 황성엔 여러 개의 크고 작은 궁이 존재한다. 그 중 중간 크기에 해당하는 '진주궁'은 귀빈을 위해 마련된 궁이었다. 그곳의 장기 손님으로 지내는 중인 시벨리우스는 기분이 내키는 날엔 주방 하인들을 대상으로 요리 강습을 하곤 했다. 오늘도 그런 날 중 하나였다.

그의 강습은 꽤 호응이 좋아서 날이 갈수록 요청이 느는 추세였다. 참여 인원이 정해져 있다 보니 선착순에 들기 위한 경쟁도 치열하다고 들었다. 하지만 아무리 그래도 안 되는 날엔 어쩔 수 없는 법이었다. 루세프의 호출음은 없을 땐 며칠간이고 잠잠하지만 일단 한번 시작하면 쉴 새 없이 괴롭혔다. 아무래도 한가할 때 몰아서 시도하는 게 분명했다. 이런 날에 불을 쓰다간 자칫 사고 치기 십상이었다.

아쉬움이 역력한 얼굴들을 뒤로한 채 시벨리우스는 곧장 자신의 방으로 향했다. 태양이 아직 꼭대기에 떠 있는 이른 시각이었지만 그의 머릿속엔 당장 자야 한다는 생각밖에 없었다. 그래, 일단 자야 했다. 잠들면 창조신이 나타날 것이고, 이번에야말로 작작하라고 쏘아 붙여줄 수 있었다. 어차피 겪을 일, 미리 겪자는 생각이었다.

"작작들 하라고 하지 않았습니까?"

"그래, 제발 작작 좀……응?"

그 순간 들려온 음성에 시벨리우스는 막 문고리를 돌리려던 손을 멈췄다. 복도 저편으로 보이는 정원 쪽에 사람들이 서 있었다. 이사나와 친위대, 나머진 얼굴만 아는 귀족들이었다. 이사나의 표정은 싸늘했고 대치하듯 마주 선 사이에선 긴장감이 흐르고 있었다. 아무리 봐도 즐거운 이야기를 하는 중인 건 아닌 것 같았다.

"그 이야기는 그만하자고 분명히 말했을 텐데요. 국정을 논하는 자리도 아닌데 여기까지 따라오다니 정말 집요하군요."

"폐하, 황후 간택에 간섭하겠다는 말씀이 아닙니다. 서둘러 후사를 보셔야 한다는 얘깁니다."

"그것도 내가 알아서 합니다."

"제발 다시 생각해주십시오. 아무리 폐하의 나이가 젊으셔도 후사 문제는 서두르셔야 합니다. 아직 황후를 맞이할 생각이 없으시다면 비라도 들이십시오. 신료들의 근심이 큽니다. 언제까지고 황실을 비워둔 채로 계실 겁니까?"

"귀관들은 내가 빨리 죽기를 바라나 보군요."

"폐하. 어찌 그런 말씀을 하십니까."

"그게 아니면 왜 후사를 벌써 걱정합니까? 보다시피 난 아주 젊고 매우 건강합니다."

"그러나 모든 일엔 만약이라는 사태가……."

"그만. 내가 알아서 한다 했습니다. 이 문제는 절대 양보할 생각 없으니 헛물 켜지 마세요."

"허, 헛물이라니요, 폐하."

"귀관들 모두 혼기 찬 딸들이 있었죠."

그러자 따박따박 대꾸하던 귀족들이 조개처럼 입을 꾹 다물었다. 찔끔한 얼굴을 짓이기듯이 느리게 응시한 이사나가 피식 웃었다.

"이상하게도 내게 성혼을 강요하는 귀족들에겐 꼭 혼기 찬 딸이 있더군요. 모두 강제로 짝을 붙여줘야 이 지겨운 짓거리를 그만둘 겁니까?"

"폐, 폐하."

"몇 번이나 말하지만 난 하나의 황후만 맞이할 거고, 그에게서만 후사를 볼 겁니다. 황후를 맞이할 시기 또한 내가 정합니다. 차후 또 이런 문제로 나를 괴롭힌다면 그냥 넘어가지 않을 겁니다. 어떻게 나올지 굳이 알고 싶다면 시험해보는 것도 나쁘지 않겠군요."

무언가 항변하려던 귀족들은 이사나의 싸늘한 표정을 보곤 다시 입을 다물었다. 나중엔 또 어떨지 몰라도 일단 오늘은 이렇게 상황이 마무리되는 듯했다.

귀족들이 물러난 후 지친 얼굴로 돌아서는 이사나를 향해 시벨리우스는 휘파람을 불었다. 그제야 복도에 서 있는 시벨리우스를 발견한 이사나가 반가운 표정을 지었다.

"형님."

"여, 고생이 많네."

이미 시벨리우스는 자러 가려던 본래의 목적을 접은 참이었다. 이사나의 얼굴을 보는 게 근 일주일 만이었다. 아무리 노크 소리 때문에 머리가 아파도 오랜만에 만난 의형제를 그냥 보낼 순 없었다.

"잘 지냈어?"

"네, 형님은 어떠십니까?"

"나도 잘 지냈지. 요즘도 얼굴 보기 힘드네. 많이 바빠?"

"황제의 일이 다 그렇죠. 그래도 아셀이 온 후로는 한결 수월해진 편입니다."

"그래? 아셀도 재밌어하는 것 같더라."

"네, 기대 이상으로 잘해 주고 있습니다. 젊다 못해 어린 재상이라 그 나름대로는 고초가 있는 모양입니다만. 그래도 잘 적응해가는 것 같아서 다행입니다."

아셀은 약속했던 졸업기한을 지켰다. 일 년 만에 수석으로 학위를 수료하고 곧장 스왈트 황성의 문을 두드린 것이다. 그렇게 찾아온 그를 이사나는 곧장 재상으로 임명했다. 아직 능력이 검증되지도 않은 데다가 외국 출신이다 보니 반대하는 여론도 컸지만, 몇 년이 지난 지금은 적어도 실력 문제로 자격을 논하는 사람은 없었다. 뛰어난 요리 실력으로 황성의 인기인이 된 시벨리우스와 먼 친척이란 소문이 돌면서부터는 오히려 우호적인 시선이 더 많아진 추세였다.

"알리사도 함께 왔으면 더 좋았을 텐데."

아셀을 거론하면 빠질 수 없는 존재를 잊지 않고 짚어내자 이사나는 어색하게 웃었다. 당시 졸업을 앞두고 있던 아셀에 비해 알리사는 갓 아카데미에 입학한 상태였다. 그나마 성적이 좋아서 월반도 한 것 같지만 아직 졸업하려면 좀 더 시간이 필요했다.

"보고 싶지 않아? 난 그래도 가끔 얼굴이라도 보지만 넌 안 본 지 꽤 됐잖아?"

"실제로 본 건 오래되긴 했죠. 당연히 보고 싶습니다. 하지만 참으려고요."

"왜?"

"요즘 따라다니는 시선이 너무 많거든요. 이럴 때 접촉하면 알리사까지 주목받을 겁니다. 괜한 부담을 주고 싶지 않습니다."

처음 만났을 때 알리사의 나이가 어렸던 탓인가. 몇 년이나 지났는데도 이사나는 지나치게 조심스러운 면이 있었다. 알리사가 자신에게 호감이 있었다는 것도 알고 있었지만, 아직 어려서 그랬던 거라고 생각하는 것 같았다.

'음, 부담이라고 생각하진 않을 것 같은데.'

시벨리우스는 얼마 전 만났던 알리사를 떠올리며 뺨을 긁적였다.

"그렇다고 다른 여자랑 성혼할 건 아니잖아? 그렇게 느긋하게 굴다 알리사가 다른 남자한테 넘어가면 어쩌려고?"

"누구든 많이 만나보는 것도 좋겠죠. 그래야 내가 가장 괜찮은 남자라는 것도 알게 될 테니까요."

"……너 성격 많이 변했다."

"그런가요?"

씩 웃는 얼굴에 할 말이 없어진 시벨리우스는 속으로 혀를 내둘렀다. 아이의 성장은 빠르다더니. 몇 년 사이 수줍은 소년은 온데간데없이 사라지고 웬 능구렁이 하나가 자리를 잡은 듯했다. 이 모습을 엘이 봐야 하는 건데, 그러면 내 아이(?)가 다 컸다며 감동의 눈물을 줄줄 흘릴 거다. 지금 이 자리에 그가 없다는 게 안타까울 정도였다.

"그래도 황제의 성혼이 자유로운 나라라 다행이네."

"네, 그건 정말 다행이라고 생각합니다. 다른 나라에선 황족은 태어나자마자 혼약을 맺는 경우가 대다수니까요."

"뭐, 어디 다른 나라뿐이겠어. 다른 종족들도 왕족이면 다 그럴걸. 지배자의 핏줄은 귀하게 여기니까, 어떻게든 존속을 이어가려고 혈안이지."

"그래요? 그럼 형님께도 있으셨겠군요."

"그야, 뭐."

선뜻 떨어지는 긍정에 이사나의 눈이 동그래졌다. 처음 들어보는 이야기에 흥미가 생긴 것 같았다.

"정확히 말하면 혼약보다는 개념이 약하긴 해. 혼인을 내정했다기보다는 가장 우선시하는 이성을 정해 두는 정도의 개념이었거든. 인간의 문화로 치면 기사와 레이디 같은 느낌?"

"뭔지 알겠습니다. 형님의 레이디는 어떤 분이셨습니까?"

"별로 좋은 기억은 없어. 나쁜 아이는 아니었지만…… 장로의 손녀였거든."

"아."

열 마디 말보다 충분한 설명이었다. 모든 걸 이해한 이사나가 더는 묻지 않겠다는 뜻으로 고개를 끄덕였다.

"그러고 보니 요즘 세상이 시끄럽던데. 용병 길드가 완전히 망했다며?"

"네, 그 대신 바이칼에 세워진 새 길드가 잘 되어가는 것 같습니다. 기존보다 체계가 더 잘 잡힌 데다가 대우도 좋아서 각지의 용병들이 그쪽으로 몰리는 모양이에요. 용병을 양성하는 학교도 세워졌다더군요. 아직 심사 기간이 끝나지 않았으니 당장은 무리겠지만, 조만간 지부도 둘 것 같습니다."

"거기가 원래 찢어지게 가난한 영지였는데, 길드가 생긴 이후부터 부유해졌다는 말도 있던데."

"그것도 사실일 겁니다. 얼마 전 감사를 다녀온 이들에게서 보고를 받았는데 완전히 다른 영지가 된 것 같다고 하더라고요."

"흠, 용병 수익만으로는 그렇게 되기 힘들지 않나. 어디서 광맥이라도 발견한 거 아냐?"

“그러게요. 하지만 거기까진 확인할 수 없었던 모양입니다. 뭐, 잘 꾸려나가는 것 같으니 다행이죠.”

이후에도 시벨리우스는 이사나와 한참 동안 이야기꽃을 피웠다. 그러는 동안 줄기차게 이어지던 노크 소리가 어느새 들리지 않는다는 건 깨닫지 못하고 있었다. 그렇게 한 신의 간절한 외침이 완벽히 지워졌다.

3.

“역시 안 받아.”

루세프는 두 팔 사이에 얼굴을 파묻으며 괴로워했다. 철저하게 무시당한 게 이번이 벌써 몇 번째인지 이제 세는 것조차 무서웠다. 이쯤 괴롭히면 귀찮아서라도 관심을 둘 만도 하려만 단호한 그의 아이는 아주 조금의 틈도 허용하지 않았다. 괜히 스스로 힘을 봉인한 게 아니었다. 의지력 하나만은 발군이었다.

“너도 참 용쓴다.”

그 꼴을 지켜보던 이오웬이 한심함과 안타까움이 섞인 얼굴로 고개를 저었다. 처음 한탄할 때야 안쓰러웠지, 그 모습도 자주 보니 이제 지겨워졌다. 올 때마다 똑같은 상태라 더 질린 탓도 있었다.

“내가 용을 안 쓰게 생겼어? 오죽하면 아크아돈에 다시 신전을 세울까 고민하는 중이라고! 날 자꾸 무시하니 신관이라도 대신 보내려고!"

"그럼 그러지 그랬어."

"근데 걔가 사는 곳이 하필 황성이라잖아. 고위 신관도 황성엔 쉽게 못 들어간단 말이야."

"그래도 교황은 들어갈 수 있을걸."

"헉! 그럴까? 교황을 세울까?"

아주 좋은 방법을 찾았다는 듯 눈을 반짝이는 루세프를 보며 이오웬은 다시금 혀를 찼다. 신전이 세워지고 교황까지 태어나는데 그 이유가 교류를 단절한 유니콘 하나와의 소통 때문이라니. 그렇게 세워진 신관들이 이런 사정을 알게 되면 어떤 표정을 지을지 궁금해졌다.

큰일을 몇 번 겪은 후로 나사가 빠진 것처럼 굴고 있지만, 원래 루세프는 이런 성격이 아니었다. 적당히 이성적이고 사리분별 할 줄 알았으며 대체로 어른스러웠다. 고작 이런 이유로 신전을 세우고 나면 훗날 이성이 돌아온 후에 괴로워할 게 뻔했다. 오랜 지기이자 상관으로서, 이오웬은 그가 사고를 치기 전에 막아주기로 했다.

"굳이 거창하게 갈 거 없잖아? 어차피 누군가를 시킬 거라면 기존에 있는 걸 활용해 봐."

"기존에 있는 거?"

"넌 룬과의 소통을 바라지만, 그런 만큼 너와 소통하길 바라는 쪽도 있다는 걸 잊으면 안 되지."

이오웬의 말을 이해한 루세프가 천천히 얼굴을 굳혔다. 때마침 기다렸다는 것처럼 수행 천사가 안으로 들어섰다.

"주군, 알현을 청하는 이가 있습니다."

어떻게 할까요? 조심스럽게 묻는 말에 루세프는 반사적으로 이오웬을 바라보았다. 이오웬은 어깨를 으쓱이면서도 자신과는 상관없는 일이라는 내색을 보였다. 물론 루세프도 고매한 천신이 이 일을 주도했다고 보지는 않았다. 그러기엔 찾아오는 발길이 오늘 처음인 것도 아니었다.

루세프는 미간을 찌푸렸다. 원래 같았으면 듣자마자 돌려보내라고 했을 텐데 조금 전에 들은 말 때문인지 입이 쉽게 떨어지지 않았다. 아무리 기다려도 돌아오지 않는 답의 고통은 그가 누구보다 잘 알고 있었다. 결국, 그는 한숨을 내쉬었다.

"일단 들어오라고 해."

* * *

"대체 누가 들어오라고 했어?"

이른 아침부터 찾아온 방문객 때문에 시벨리우스는 골머리를 앓고 있었다. 오늘은 모처럼 날이 좋아 여유롭게 침대에서 뒹굴 예정인 참이었다. 그런데 뜻밖의 손님들이 찾아왔다는 소식을 들었다. 돌려보내라고 했지만 그들은 막무가내였다. 만류하는 하인들을 물리치고 개선장군처럼 당당히 침실까지 쳐들어온 이들을 보고 시벨리우스는 황당함을 감추지 못했다. 아무리 그래도 명색이 황궁인데, 기강이 이렇게까지 막장이어도 되는 건가 싶었다.

“폐하께도 반말하시는 분께 그런 말 듣고 싶지 않습니다!”

“미쳤냐, 진짜?”

“뭐라시든 상관없습니다. 저희도 오늘은 끝을 볼 작정입니다.”

물론 그렇지 않고서야 귀빈을 위한 진주궁에 멋대로 쳐들어올 배짱을 부리진 않았을 것이다. 왜 친해질수록 나를 만만하게 여기는 걸까. 내가 뭐든 용서해주게 생겼나? 비단 이런 취급을 하는 게 그들만은 아니라 시벨리우스는 한숨을 내쉬었다.

“그래서 용건이 뭔데?”

“강습해주십시오!”

“……결국 그거냐.”

찾아온 용건이야 처음부터 짐작하고 있었다. 그들 전부 주방에서 일하는 이들이었기 때문이었다. 그래도 혹시 다른 것인가 싶었는데 예상은 조금도 빗나가질 않았다.

“벌써 한 달째 요리 강습을 안 해주셨잖습니까! 심지어 마지막 강습은 하시다가 중도에 그만두셨고요. 시작을 하셨으면 끝까지 책임을 져주십시오!”

“레시피 줬잖아?”

"적힌 대로 해도 그 맛이 안 납니다."

"제대로 한 거 맞아?"

"당연히 제대로 했죠! 하지만 아무리 해도 안 됩니다. 그러니 답답한 거 아니겠습니까?"

"레시피 대로 했는데 안 되는 게 말이 돼? 무슨 멍청한 소리……를……."

가만, 그러고 보니 조미 간장이라고 말했던가? 그 순간 얼핏 스치는 기억에 시벨리우스는 말끝을 흐렸다. 그 자신은 늘 미리 만들어둔 조미 간장을 사용해서 미처 생각지 못했는데, 레시피에는 그냥 간장이라고만 써놨던 것 같았다. 그의 표정만 주시하고 있던 주방 하인들이 눈을 예리하게 빛냈다.

"뭔가 찔리는 게 있으신 거군요?"

"……어휴, 알았다, 알았어. 알려주면 되잖아."

승기를 잡은 주방 하인들의 얼굴이 환해졌다. 그 모습을 보니 더욱 화내기가 어려워져서 시벨리우스는 어쩔 수 없이 웃었다. 이후 그는 도망치는 걸 막겠답시고 감시하는 이들 사이에서 대충 씻고 옷을 갈아입은 후 떠밀리다시피 주방으로 향해야 했다.

"이러지 않아도 가르쳐 준다니까. 달라붙지 좀 마."

"이러다 마음 바뀌면 바로 도망치시는 분이라는 거 다 압니다. 어림도 없습니다."

"허참, 너희 말이야. 내가 마음만 먹으면 너희가 아무리 이래도 도망치는 건 식은 죽 먹기……."

그 순간 눈에 들어오는 광경에 시벨리우스는 말을 멈췄다. 복도가 꺾여지는 구석에 누군가가 서 있었다. 그것도 그가 잘 아는 얼굴이었다. 처음엔 자신이 잠시 헛것을 보는 건가 했다. 하지만 아무리 눈을 깜빡여도 형상이 사라지지 않았다.

"……하."

시벨리우스는 강제로 끌려가는 척하던 걸음을 멈췄다. 아무리 애써도 그가 꿈쩍도 하지 않으니 주방 하인들의 얼굴에 당혹감이 서렸다. 그제야 그들이 끌고 가는 게 아니라 그가 끌려 가주는 것이라는 걸 깨달은 것 같았다. 간절한 얼굴들을 보고 시벨리우스는 미안해하는 표정을 지었다.

"미안한데 오늘도 안 되겠다."

"시벨 니임."

"대신 이거 줄 테니까 연구해보고 있어. 들어간 재료가 뭔지, 어떤 순서로 조리했는지 알아내 봐. 숙제야. 맞추면 다른 레시피 알려줄게."

그가 아공간에서 조미 간장을 꺼내 던져주었다. 반응은 굉장했다. 강습을 안 한다는 말에 좌절하던 이들이 조미 간장의 등장에 눈을 번쩍 뜨더니, 숙제라는 말을 듣는 순간 화르륵 불타올랐다. 오히려 수업한다는 말을 들었을 때보다 더 효과가 좋은 것 같았다. 처음부터 이렇게 할걸. 희희낙락해서 돌아가는 이들을 보고 시벨리우스는 머리를 긁적였다. 물론 그 순간은 그리 오래가지 않아, 그는 이내 가라앉은 얼굴로 아직도 멀거니 서 있는 이를 응시했다.

"할 말이 있으면 해."

그가 먼저 입을 열자 굳어 있던 이가 움찔 몸을 떨었다. 애처로운 모습이었지만 시벨리우스의 시선은 오히려 더 냉정해졌다.

"계속 침묵하고 있으면 침입자로 간주할 거야."

그러자 망설이는 듯하던 이가 천천히 앞으로 걸어 나왔다. 똑바로 모습을 드러낸 이는 긴 머리칼을 늘어트린 여인이었다. 분홍빛이 섞인 화려한 은발, 루비처럼 붉은 선홍색 눈동자가 무척 아름다운 조화를 이루고 있었다. 마지막으로 봤을 때보다는 한 층 성숙해진 모습이었지만 정체를 알아보기 어렵진 않았다.

"날 왜 찾아왔어, 웰디."

아주 어릴 때부터 한 짝으로 묶인 존재. 나쁜 아이는 아니지만 좋은 기억으로는 남을 수 없었던 소녀. 장로의 손녀인 웰디였다. 솔직히 말하면 기억에서 완전히 지운 이였다. 앞으로 연이 닿을 일은 없을 거라 생각했고 실제로 몇 년간이나 그럴 기미도 없이 잠잠했다. 그런데 얼마 전 무심결에 상기하자마자 만나게 되다니. 아무래도 말이 씨가 된 게 분명했다.

"시벨리우스 님……."

웰디의 목소리는 가늘게 떨리고 있었다. 믿을 수 없다는 듯, 감격한 듯한 시선이 시벨리우스의 모습을 천천히 살폈다.

"정말 살아계셨군요. 살아계셨어요."

"……."

"이렇게 뵙다니 꿈만 같아요. 정말 사천 년 전 모습 그대로시군요. 저흰 시벨리우스 님이 돌아가셨다고 알고 있었어요. 얼마 전에야 모든 사실을 알고 얼마나 충격을 받았는지 몰라요. 제 할아버지가 그런 끔찍한……."

"왜 찾아왔냐고 물었어."

구구절절 이어지려는 말이 듣기 싫어 시벨리우스는 일부러 더 단호한 목소리로 끊었다. 웰디의 어깨가 움찔 떨렸다. 냉정한 반응에 상처받았다는 표정이었지만 시벨리우스는 전혀 신경 쓰지 않았다. 이제 와 그런 움직임에 흔들리기엔 그가 겪은 일이 너무 많았다.

"제게 시간을 잠시 내어주셔요. 루세프 님의 전언을 가져왔어요."

"루세프 님의 전언?"

"시벨리우스 님이 그분의 부름에 전혀 응답하지 않으신다 들었어요. 그래서 제가 직접 알려 드리러……."

이건 또 뭐하자는 거지.

시벨리우스는 얼굴을 찌푸렸다. 최근 들어 노크 소리가 거의 없어서 이상하다 했더니 이런 일을 계획할 줄은 몰랐다.

"전언이라고."

"네, 시벨리우스 님."

"왜 굳이 너를? 날 만나고자 하면 다른 방법도 있었을 텐데. 직접 찾아오실 수도 있잖아."

“역시 모르셨군요. 악신 때문에 카노스 님이 소멸하시고 나서 신계의 균형이 일부 무너졌어요. 얼마 전부터는 그 체계를 다시 정비하느라 모든 신에게 유희의 제약이 걸렸죠. 그래서 당분간 신들은 스스로 지상에 현신하지 못해요.”

전혀 몰랐다. 어쩐지 응답을 계속 무시하는 데도 한 번도 찾아오지 않는 게 신기하다 싶더라니. 찾아오고 싶어도 찾아올 수 없었던 거였다.

“……그럼 꿈에서 말하면 되잖아. 잘만 나타나시던데.”

“그것 역시 그저 나타나기만 하시는 것뿐이에요.”

“무슨…….”

“꿈속의 영역은 꿈을 꾸는 이가 지배하죠. 시벨리우스 님이 듣지 않으려 하면 아무리 루세프 님이라도 제대로 된 용건을 꺼낼 수 없어요. 아마 간단한 말밖에 전하지 못하셨을 거예요.”

그래서 무조건 만나자는 말밖에 안 하던 거였나. 이번에도 할 말을 잃은 시벨리우스는 신경질적으로 머리를 쓸어 넘겼다. 딱히 사정을 이해할 생각은 없었지만 이쯤 되니 루세프도 어지간히 속이 탔겠다 싶었다.

“이제 들으실 마음이 생기셨나요?”

“……전언이 뭔데?”

얼른 말하고 꺼지라는 시선에 웰디가 다시 상처받은 얼굴을 했다. 물론 시벨리우스는 조금도 신경 쓰지 않았다. 결국 체념한 건 웰디 쪽이었다.

"루세프 님께 문을 열어 달라고……."

"문?"

"강신 말이에요."

뭐야, 그것뿐인가? 시벨리우스는 황당해졌다. 그 용건이라면 이미 지겹게 알았다. 노크 소리만으로도 충분했으니까. 꿈에서도 숱하게 들었던 말이었다.

"진짜 용건은 강신한 후에 말씀하시겠다 하셨어요. 아주 중요한 용건인데, 강신한 후에만 설명이 가능하시대요."

"그걸 지금 말이라고……."

"시벨리우스 님이 이제 접신하실 수 있다는 거 알아요. 룬의 힘을 각성하셨다고 들었어요."

이어진 말에 시벨리우스는 낮게 투덜거리던 입을 다물었다. 정곡을 찔렀다 여겼는지 웰디의 얼굴에 화사한 미소가 떠올랐다.

"늦었지만 정말 축하드려요. 힘을 각성하셔서 정말 다행이에요. 정말 오랫동안 힘들어하셨잖아요. 할아버지가 너무 억지로 강요하셨죠."

"……그걸 알면서 내게 이런 부탁을 해?"

"지금은 이제 하실 수 있잖아요."

"……."

"왜 그렇게 불쾌한 표정이신지 모르겠어요. 룬의 힘을 각성하여 소명에 임하는 건 시벨리우스 님도 간절히 바랐던 일이셨잖아요. 이제 드디어 그렇게 하실 수 있게 되신 거예요."

"소명이라……."

"네, 소명이요. 마을에서도 시벨리우스 님이 룬의 힘을 각성하셨다는 건 알면 다들 크게 기뻐할 거예요. 그거 아세요? 루세프 님께서 직접 강신을 청하는 경우는 굉장히 드물어요. 그만큼 시벨리우스 님이 특별한 룬이신 거예요. 이번 일로 시벨리우스 님은 더 큰 위명을 알릴 수 있겠죠. 그러니 부탁드릴게요. 접신해서 그분의 말씀을 들어봐 주세요."

"접신 하십시오. 그게 룬의 사명입니다."

그 순간 아주 오래전의 기억이 떠올랐다. 떠올리기만 해도 불쾌하고 구역질이 나는 옛 시절의 장면이. 마을에 있던 시절, 그를 지독하게 괴롭혔던 장로는 고장 난 기계처럼 매번 같은 말을 반복했다.

접신해라. 한시라도 빨리 룬의 힘을 각성해라.
넌 그래야 쓸모가 있으니까.

할 수 없는 일을 강요받는 것이라 더 괴롭고 비참했다. 그럴 땐 인간 여인에게 빠져 스스로 힘을 폐하고 달아났다는 형이 더 원망스러웠다. 난 아무리 원해도 갖지 못하는 걸 쉽게 놔버린 그에게 시기심이 들어 이를 악물다가도 그런 그의 발끝도 따라가지 못하는 제가 너무 싫어서 울었다. 그래서 그에게 접신이라는 단어는 꽤 오랫동안 역린이었다.

심장의 박동이 점차 빨라지는 것 같았다. 손가락이 떨리는 듯한 느낌에 시벨리우스는 주먹을 꾹 움켜쥐었다. 예전에 데르온이 접신을 강요했을 땐 귀찮고 짜증 나긴 했어도 아무렇지 않았다. 그래서 이젠 다 괜찮은 줄 알았다. 하지만 그게 아니었던 모양이다. 접신이란 단어를 꺼낸 이가 유니콘이라는 것만으로 신체에서 거부 반응이 일었다. 그나마 웰디의 외모가 그의 조부를 닮지 않아서 정말 다행이었다. 조금이라도 닮은 부분이 있었다면 혐오감을 참지 못하고 드러냈을 게 뻔했다.

'동족보다 차라리 마족이 더 낫다니. 이사나한테 변했다고 할 처지가 아니네.'

룬의 체면을 지켜야 한다는, 사명감에 똘똘 뭉쳐있던 예전이라면 상상도 할 수 없는 일이다. 확실히 자신 역시 그간 많이 변했다. 하지만 그 변화가 나쁘지 않았다.

난 달라졌다.

그렇게 생각하고 나니 놀라울 정도로 마음이 편안해졌다. 손끝의 떨림도 멎었다. 그의 표정이 편해지니 웰디의 얼굴도 밝아졌다. 자신의 요청을 승낙했다고 여긴 것 같았다. 상기된 얼굴 가득 기대감이 떠올랐다. 물론 시벨리우스는 그 기대에 부응할 생각이 조금도 없었다.

"미안하지만 거절할게."

"시, 시벨리우스 님?"

"한땐 룬의 소명이란 것에 집착한 적도 있었지. 하지만 이젠 딱히 관심 없어."

"할아버지가 시벨리우스 님께 한 짓 때문이라면……."

"꼭 그것 때문만은 아니야. 물론 그 영감은 정말 싫고, 그가 한 짓도 용서할 수 없지만. 그거랑은 별개로 그냥 접신 같은 건 별로 하고 싶지 않아. 루세프 님이 내게 중요한 용건이 있다고 하시니 뭔지 궁금하긴 한데, 소명을 운운하니 오히려 더 하기가 싫네."

"……제가 잘못한 건가요?"

"그냥 하기 싫은 거라고 했잖아."

"제가 무례했다면 용서하세요. 전 시벨리우스 님이 당연히 기뻐하실 거라고만 생각했어요. 이렇게 용서를 빌 테니 제발 안 하시겠다는 말씀만은 물려주세요."

간곡하게 말한 후 웰디는 그대로 무릎을 꿇으려 했다. 예상치 못한 행동에 놀란 시벨리우스가 얼른 붙잡아 저지했다.

"뭐하는 거야? 그만둬."

"제 청을 들어주시겠다 하시면 그만둘게요."

"웰디."

"딱 한 번만이에요. 그거면 충분해요. 앞으로 다시는 이런 부탁드리지 않을게요. 원하시면 시벨리우스 님 앞에 나타나는 일도 없을 거예요."

"널 이해하지 못하겠다. 왜 그렇게까지 간절히 부탁해? 혹시 루세프 님이 내가 응하지 않으면 널 벌하겠다고 하셨어?"

반쯤은 빈정거리려고 한 말이었다. 그런데 웰디가 아무런 대답을 하지 못했다. 시벨리우스의 얼굴이 굳어졌다.

"벌을 내리겠다 하신 건 아니에요. 하지만 벌이나 다름없죠. 또 다시는 저희를 안 보려 하실 테니까요."

"대체……."

"시벨리우스 님의 일을 알게 되신 후에 루세프 님이 저희에게 크게 진노하셨어요. 모든 교류를 끊으시고 알현도 받지 않고 계세요. 매일 매일 애타는 마음이었는데 얼마 전에야 간신히 알현을 받아주셨죠. 저희에겐 이게 유일한 기회예요."

아아, 내가 이럴 줄 알았지. 시벨리우스의 입가가 삐딱하게 올라갔다. '모든 건 일족을 위해서.', '그러니 너 하나만 희생하라.' 결국 또 그거였다. 그 지독한 이기심으로 사천 년을 봉인해두고도 다시 찾아와서 한다는 말이 그때와 조금도 다르지 않다니. 웃음조차 나지 않았다. 석탄을 삼킨 것처럼 속이 뜨거운데 머리는 차가워졌다. 너무 화가 나면 오히려 차분해진다더니 딱 그 짝이었다.

"좋아, 할게."

"아……!"

"날 이렇게까지 화나게 하면서까지 전하고자 하는 그 대단한 용건이 뭔지, 한번 확인해봐야겠어. 그래도 성급히 기뻐하지 마. 이게 너희에게 좋은 일이 될지 아닐지 아무도 모르잖아?”

환해졌던 얼굴이 이내 다시 굳어졌다. 그러나 기뻐하는 기색만큼은 어쩔 수 없이 감추지 못한 채였다. 그 모습을 경멸의 시선으로 응시한 후 시벨리우스는 그대로 눈을 감았다. 빨리 해치우고 이 지겨운 일을 끝낼 생각이었다. 어차피 방법은 잘 알고 있었다. 단지 알면서도 하지 않았을 뿐.

“킬리다.”

“에고소마, 모티보, 로카투스, 일루미노.”

주문을 외우기 시작하니 몸 아래서부터 바람이 일었다. 반딧불이 같은 빛 가루가 점점이 늘어나며 머리카락이 흩날렸다. 조마조마하게 지켜보던 웰디에게서 작게 숨을 삼키는 소리가 들렸다. 감격한 얼굴이었으나 시벨리우스는 그쪽에 시선을 두지 않으려 애써 외면했다.

“개문(開門).”

“주인이여, 오소서.”

마침내 힘을 각성한 후로 처음 불러보는 호칭이 입에 담겼다.

덜컹, 그러자 안쪽에서부터 굳게 잠겼던 무언가가 열리는 소리가 울렸다. 벌어진 틈으로부터 강한 기류가 폭포수처럼 쏟아져 내리기 시작했다. 시리듯이 차가우면서도 동시에 데일 듯이 뜨겁기도 한 기묘한 기운이었다. 기류가 점차 차오를수록 시벨리우스는 물에 잠기는 듯한 느낌을 받았다. 이윽고 머리끝까지 완전히 잠겨 들면서 아득한 부유감이 찾아들었다. 몸의 주도권을 잃었다는 걸 선명하게 알 수 있었다. 내 몸인데도 내 몸이 아니게 되는 기이한 감각은 강신 과정에서 시벨리우스가 가장 싫어하는 부분이었다. 아마 누구도 좋아할 순 없을 것이다. 그래도 몇 번 해봤다고 금방 익숙해지는 게 다행이라면 다행이었다.

"드디어 날 받아줬구나."

물론 자신의 목소리가 다른 말투를 내뱉는 건 여전히 적응하기 힘들었지만.

'루세프 님.'

"그래, 나란다."

목소리를 낼 수 없기에 의식으로만 전달한 부름에 그의 몸을 차지한 루세프가 얼른 화답해왔다.

"우리 정말 오랜만이지? 그동안 무탈하게 잘 지낸 것 같아 다행이다. 너와 정말 만나고 싶었단다. 이렇게 불러줘서 정말 고맙다. 내가 이 순간을 얼마나 기다렸는지 넌 모를 거야. 고맙다, 정말 고마워."

알겠으니 내 얼굴로 그렇게 싱글벙글 웃지 마. 시벨리우스는 그렇게 투덜거리고 싶은 걸 간신히 참아냈다. 반강제적인 접신이 불쾌하긴 여전했지만 막상 루세프가 어린애처럼 좋아하는 걸 보니 어쩔 수 없다는 생각이 들었다. 이래서야 모두가 자신을 만만히 보는 것도 다 자업자득이었다.

"루세프 님을 뵙습니다."

그때 앞으로 나선 웰디가 몸을 굽혀 예의를 표했다. 루세프가 강신한 것에 감격한 듯 한껏 벅차오른 얼굴이었다. 그제야 존재를 눈치챘다는 듯 루세프가 건성으로 돌아보았다.

"아, 웰디. 전령의 역할을 하느라 수고했다."

"아닙니다. 루세프 님의 명이시라면 저흰 그 어떤 것이라도 달게 임할 수 있습니다."

"그래, 그래. 그럼 난 지금부터 시벨리우스랑 할 얘기가 있으니까 넌 이만 돌아가도 돼."

시원시원한 축객령이었다. 예상치 못한 전개에 시벨리우스는 자기도 모르게 실소했다. 웰디 역시 당황했는지 한 폭의 수채화처럼 단아하게 짓고 있던 미소를 흩트렸다. 하지만 이내 정신을 차린 듯 빠르게 표정을 가다듬었다.

"괜찮으시다면 저도 함께 듣고 싶습니다."

"어, 그럴래?"

"예, 신께서 룬에게 내리시는 귀한 소명을 옆에서 지켜보는 영광을 허락해 주십시오."

"음, 딱히 소명을 내리려는 건 아닌데."

"그게 아니라시면……?"

웰디의 얼굴에 의아함이 떠올랐다. 시벨리우스도 의아해지긴 마찬가지였다. 반드시 강신을 해야만 하는 상태라기에 뭔가 시킬 것이 있는 거라 생각했다. 강제로라도 하게 만들기 위해서 몸을 장악한 것이라고. 그러나 루세프는 왜 그렇게 생각하는 건

지도 이해하지 못하겠다는 투였다.

“물론 그냥 대화만 할 거야. 시벨리우스한테 묻고 싶은 게 있는 것뿐이거든. 넌 시벨리우스의 대답은 듣지 못할 텐데, 그래도 지켜볼래?”

“네, 네. 그러겠습니다.”

“하긴, 어차피 너희도 알아야 하는 일이긴 하니까. 그럼 그렇게 해.”

“……! 감사합니다!”

선뜻 내려진 허락에 웰디는 혼란스러워하던 기색을 지우고 밝게 웃었다. 이유야 어쨌든 루세프 곁에 있을 수 있다는 게 기쁜 것 같았다. 반대로 시벨리우스는 조금 당황했다. 몸을 공유한 상태다 보니 루세프의 감정을 어렴풋이 느낄 수 있었는데, 그가 웰디를 바라보는 시선이 생각보다 찼기 때문이었다.

신은 그의 창조물을 제 아이처럼 사랑한다. 일설에 따르면 루세프의 시선엔 유니콘이 늘 어린아이로 보인다고 했다. 그래서 늙은이든 꼬마든 가리지 않고 귀여워했고, 어지간한 잘못도 관대하게 넘어갔다. 알려진 그대로라면 루세프는 웰디의 웃는 모습을 보고 귀여워했어야 했다. 하지만 지금 그에게선 관조적인 태도만 보였다.

교류도 하지 않는다고 하더니, 그게 사실이었나. 반쯤은 웰디가 과장한 거라고 생각했는데 그게 정말일지도 모른다는 생각이 들었다. 그게 자신 때문이라고 하니 왠지 기분이 이상했다.

“맞아, 난 너희 모두를 사랑하지. 하지만 그중에서 특히 아픈 손가락이 있다면, 그 상처를 돌보는 걸 우선시할 수밖에 없단다.”

그 순간 이어진 말에 시벨리우스는 생각을 급히 멈췄다. 방심하는 바람에 그만 깊은 곳의 의식이 전달된 모양이었다. 루세프가 웃는 게 느껴져 그는 이대로 땅끝까지 꺼지고만 싶었다. 상황을 이해하지 못한 웰디가 고개를 갸웃거리는 것이 보여서 더 창피했다.

‘……그보다 제게 묻고 싶은 것이 있으시다고요.’

“그래, 네 의사를 확인하고 싶었거든.”

‘의사요?’

반문하기 무섭게 웰디의 모습이 보였다. 루세프가 그쪽을 똑바로 바라보았기 때문이었다. 무슨 의미인지 알 수가 없던 시벨리우스가 의아해할 때였다.

“룬에게 걸려 있는 제약을 풀 방법을 찾았단다.”

‘……!’

웰디의 눈이 부릅떠졌다. 표현할 수 없었지만 그만큼 놀라기는 시벨리우스도 마찬가지였다.

룬의 제약. 오래전 얼핏 들은 기억이 있었다. 한때는 룬이 차례대로 돌아가면서 이어가는 임기제였다고 했다. 그런데 어떠한 제약에 걸리는 바람에 그때부터는 오직 한 혈통만이 소명을 이어받게 되었다는 내용이었다.

'그걸 풀 수 있다는 겁니까?'

"그래. 이제 다시 예전처럼 돌아갈 수 있을 거란다."

"세상에, 루세프 님……."

감격에 찬 웰디의 눈동자가 반짝거렸다. 금방이라도 울 것 같은 얼굴엔 모든 게 다 잘 해결되었다는 안도감이 가득했다. 그 모습을 보는 시벨리우스는 자신의 기분을 정확히 표현할 말을 찾지 못해 마음이 복잡했다. 제약이 풀리면 앞으론 모든 유니콘이 룬의 의무를 함께 감당하게 될 것이다. 한 사람이 혼자서 아등바등 애쓸 필요가 없게 되니 결과적으론 모두에게 잘된 일이었다. 하지만 그렇게 여기면서도 기분이 이상해지는 건 막을 수가 없었다. 마치 자신 빼고 모두가 행복해지는 완결을 보는 기분이었다.

모든 건 일족을 위해서.

귀가 아프도록 들었던 그 괴롭고 힘든 말이, 마치 정해진 그의 운명이었던 것만 같았다. 문득, 일족으로서 정체성도 힘도 전부 폐하고 마을을 떠난 그의 형이 이 소식을 들으면 어떤 표정을 지을지 궁금해졌다. 아마 그 표정이 지금 자신의 얼굴과 비슷하지 않을까 싶었다. 부디 자신만이 이런 기분을 느끼는 게 아니었으면 했다. 그런데 루세프의 말은 그걸로 끝난 게 아니었다.

"물론 어디까지나 시벨리우스, 네가 원한다면 말이야."

'……!'

감격하다 못해 눈물을 흘리고 있던 웰디가 그 말에 멈칫했다. 시벨리우스 역시 당혹감을 감추지 못했다. 루세프는 자신이 일으킨 혼란을 느긋하게 지켜보다가 손안에 천천히 힘을 모았다. 그러자 작은 유리병이 모습을 드러냈다. 투명한 유리 안으로 붉은 액체가 비쳤다.

"내가 굳이 강신한 건 이거 때문이야. 이 ㅍ……액체를 마시면 제약이 풀릴 건데, 내가 룬의 몸에 강신한 상태여야 하거든."

'……그렇군요. 그런데 조금 전 하신 말씀은 무슨 뜻입니까? 제가 원한다면 이라니. 원하지 않으면 제약을 풀지 않으시겠다는 겁니까?'

"맞아. 네가 원하지 않으면 하지 않을 거야."

'……!'

"이 결정에 관한 한, 난 오직 네 의견만 들을 거란다. 룬의 제약을 어떻게 하고 싶은지 네가 정하렴. 어떤 결정이든 난 널 지지할 거고, 이로 인해 네가 다치는 일은 결코 일어나지 않을 거란다."

웰디의 모습이 다시 보였다. 이번 시선은 시벨리우스도 의미를 알 것 같았다. 그건 유니콘 일족을 향한 경고의 의미였다. 단호하게 응시하는 태도에서 그들을 계속 주시할 것이라는 그의 의지가 선명히 느껴졌다. 시벨리우스는 잠시 어떤 말도 이을 수가 없었다. 웰디의 얼굴은 이미 새파랗게 질려 있었다.

'어떤 결정이든 괜찮다고요.'

"그래."

'루세프 님이 원하시는 답이 아닐지도 모릅니다. 그래도 정말 괜찮습니까?'

"아이야, 네가 바라는 답이 곧 내가 원하는 답이란다."

이번엔 정말로 말문이 막혔다.

시벨리우스는 한참 동안 아무런 생각을 이을 수가 없었다.

"그래서, 시벨리우스. 어떻게 하고 싶니?"

문득 스치는 시야에서 웰디가 고개를 젓는 것이 보였다. 애원하듯 간절함을 담은 눈동자가 닿자 오히려 머릿속이 더 차분해졌다. 마침내 시벨리우스는 답할 말을 정했다. 아니, 사실은 고민할 필요도 없었다. 그가 내릴 답은 처음부터 정해져 있었으니까.

'저는…….'

* * *

루세프가 귀환했다는 걸 느끼자마자 이오웬은 곧장 그의 궁처에 쳐들어갔다. 지금쯤 세상 행복한 표정으로 축배를 들고 있을 지인을 축하해주기 위해서였다. 그러나 안으로 들어서자마자 보인 광경은 웬 유니콘이 서럽게 울고 있는 모습이었다. 눈이 퉁

퉁 붓도록 울고 있는 유니콘을 루세프가 손수건을 건네줘 가며 연신 달래고 있었다.

"뭐야, 무슨 일이야? 앤 왜 여기서 울고 있어?"

"……뭐, 보다시피. 콩가루 집안 사정이라고 해야 하나."

그가 곤란한 표정으로 웃는 것에 이오웬은 더 어리둥절해졌다. 하지만 더 궁금한 일이 있다 보니 당장 눈앞의 광경은 무시하기로 했다.

"내려간 일은 어떻게 됐어? 저주는 풀었어?"

"음, 아니. 풀지 않기로 했어."

돌아온 답변이 워낙 태연해서 이오웬은 무심코 긍정 반응으로 받아들였다. 그러다 한발 늦게 의미를 깨닫고 입을 크게 벌렸다.

"헐, 거짓말?"

"정말."

"대체 왜?"

"시벨리우스가 원하지 않는다고 했거든."

설마 그런 복병은 생각지도 못했다. 하지만 생각해 보면 특별한 힘이니 독점하고 싶다는 생각을 할 수도 있겠다 싶었다. 누구나 평등을 원하는 건 아니었으니까. 다만 예전에 잠시 봤던 룬은 딱히 자신의 힘을 자랑스러워하지도 않았고, 오히려 강신을 싫어하는 것처럼 보였다. 그래서 소명을 넘길 기회를 마다했다는 게 의외였다.

"걔가 룬의 혈통을 이어 나가고 싶대?"
"그것도 아니."
"그러면?"
"그냥, 룬이 없어졌으면 좋겠대."
이번에도 이오웬은 입을 다물지 못했다.
놀라움을 온 표정으로 표현하는 얼굴을 보고 루세프는 피식 웃었다.

"저는…… 룬이 완전히 사라지길 바랍니다."

머릿속에서 선명하게 울리는 음성을 들었을 때, 루세프가 가장 먼저 떠올린 생각은 '그럴 줄 알았다' 였다. 이런 대답을 할 거라고 이미 예상한 탓인지 조금도 놀랍지 않았다.
"생각해 보면 누구나 룬이 되는 것도 평등이지만, 아무도 될 수 없는 것 역시 평등이긴 하잖아? 신을 몸에 담는 소명이라니, 조금 고루하기도 하고 말이야. 게다가 이번처럼 악신이 되려는 자가 룬을 노리면 위험하다는 것도 깨달았고."
"그래서?"
"그래서 그 소망을 들어주기로 했어. 이제 룬의 힘은 완전히 폐할 거야. 훗날 시벨리우스가 혼인해서 아이를 낳더라도 물려받지 않도록."
"흐어어엉!"

울고 있던 유니콘은 이제 대성통곡을 했다. 세상이 끝난 것처럼 우는 은발의 여인을 루세프가 어쩔 수 없다는 듯이 다독였다. 이오웬은 뺨을 긁적이다가 불현듯 한 가지 사실을 깨닫고 루세프를 향해 손을 내밀었다.

"그럼 그거 나 줘."

"뭘?"

"그 유리병 말이야. 내가 보관할게. 그렇게 하게 해줘."

"아."

그제야 무슨 의미인지 깨달은 루세프가 곤란한 표정을 지었다.

"미안, 그거 나한테 없어."

"없다니? 안 마셨다며."

"응, 마시진 않았는데 시벨리우스에게 주고 왔어."

"대체 왜?"

"…… 마계에 보내야 할 것 같아서."

"……."

"그 마지막 날에 말이야. 마족 하나가 크게 다쳤는데 카노스가 피를 줘서 회복시켰다는 거 알아? 근데 마침 걔가 북공작이었더라고. 북공작은 마신의 정수를 만들 수 있잖아. 샘은 폐했다고 들었지만, 카노스의 힘을 받은 지 얼마 안 된 지금이라면 한동안 복원할 수 있을 거야. 아마 벌써 복원해둔 상태일지도 모르지. 거기에…… 내가 준 걸 섞어서 마시게 하면, 훗날 새로운 마신이 생겨도 그 애들은 계속 카노스의 성질을 지니게 되겠지."

"루세프, 너……."

"새로 마신이 될 이에겐 예의가 아니겠지만. 그냥 그러고 싶었어. 적어도 지금 있는 애들은 끝까지 카노스의 아이들로 남게 하고 싶더라고."

물론 그 애들이 동의한다면 말이야.

기운 없이 웃는 얼굴에 이오웬은 한숨을 내쉬었다. 그렇게까지 말하는데 아무리 아쉬워도 이해할 수밖에 없었다. 고개를 절레절레 흔든 후, 이오웬은 근처에 있는 의자에 걸터앉고 손을 들었다. 그러자 아무것도 없던 공간에 거한 술상이 차려졌다. 루세프가 황당해하며 바라보자 이오웬이 손짓했다.

"나랑 한잔하자. 지금은 마셔야 할 기분이야."

"언젠 그런 기분이 아닌 것처럼 말하네."

"그래서 마실 거야, 말 거야?"

못 말린다는 표정을 지은 루세프가 이내 술상 앞에 앉았다. 두 신은 한동안 묵묵히 잔을 주고받기만 했다. 그런 그들 사이로 펑펑 우는 유니콘의 울음소리가 아득히 울려 퍼졌다.

*　　*　　*

"시벨 님, 그게 뭡니까?"

누군가가 묻는 말에 시벨리우스는 물끄러미 바라보던 유리병에서 시선을 떼어냈다. 언제 왔는지 아셀이 옆에서 고개를 갸웃거리고 있었다.

"언제 왔어?"

"조금 전이요. 노크했는데 못 들으셨습니까?"

"아, 요즘 노크는 자동적으로 무시하는 습관을 들였더니 그만."

씁쓸하게 웃으며 한 말에 아셀의 얼굴이 찌푸려졌다. 대체 왜 그런 습관을 들였는지 이해를 못 하겠다는 표정이었다.

"얼굴이 많이 상했네. 재상 일이 힘들긴 힘든가 봐?"

"말도 마세요. 이 제국은 절 뼈째로 잡아먹으려는 게 틀림없습니다. 아무리 봐도 폐하는 일 중독입니다. 그분은 얼른 성혼하셔야 합니다. 그래야 일을 좀 덜 하실 거예요."

"그게 과연 좋은 일일까. 걔가 놀게 되면 그만큼 너한테 더 떠넘길 수도 있잖아?"

"헉, 거기까진 생각 못 했습니다."

큰 깨달음을 얻은 얼굴을 한 아셀이 이번엔 황제의 일 중독에 감사의 기도를 올렸다. 어떻게 저렇게 시시각각 얼굴이 변하는지 볼 때마다 신기했다. 하루 종일 지켜봐도 질리지 않을 것 같다고 생각하며 시벨리우스가 물었다.

"그렇게 바쁜데 용케 놀러 왔네? 집무실에서 나가지 못하게 감시하는 이들 천지라면서."

"후후후, 실은 제가 드디어 성공했거든요."

음침하게 웃는 얼굴에 의아해졌던 시벨리우스가 곧 그가 한 말의 의미를 깨닫고 눈을 빛냈다.

"환상진? 성공했어?"

"네! 기뻐해 주십시오, 시벨 님! 이 자랑스러운 후손이 드디어 해냈습니다! 제 방에 들어오면 피로에 지친 나머지 쓰러져 잠든 저를 볼 수 있게 해놨습니다. 당분간은 아무도 안 건드리겠죠."

"이야, 잘했네. 처음엔 방어 주술도 헤매더니."

"대체 언제 적 이야기를 하십니까?"

그 말이 맞기는 했다. 사념에 저항조차 하지 못해서 벌벌 떨기만 하던 소년은 벌써 몇 년 전에 사라지고 없었으니까. 지금 그의 눈앞에 있는 건 유능한 주술사로서 비약적인 성장을 하는 중인 청년이었다.

시벨리우스는 새삼스럽게 지난날을 돌아보았다. 처음 가르칠 때만 해도 큰 기대는 하지 않았건만, 의외로 아셀은 성장이 빠른 편이었다. 뒤늦게 개화했는데도 성과가 좋은 건 역시 그 몸에 흐르는 피의 영향일 터였다. 시벨리우스는 문득 아셀의 머리카락을 바라보았다. 결 좋은 짧은 머리칼은 짙은 갈색을 띠고 있었다.

"형님도 갈색 머리였다고 했던가?"

"네? 아, 제 조상님 말씀이시죠. 네, 그러실 겁니다. 이 머리색은 부계 쪽 유전이라고 들었거든요."

"갈색 머리로 사는 건 기분이 어때?"

"딱히 별다른 감상은 없는데요?"

"그렇구나."

"그런 게 왜 궁금하십니까?"

"그냥. 나도 곧 머리 색이 바뀔 수도 있을 것 같아서."

얼마 전 루세프로부터 룬의 힘을 폐한다는 확답을 받아냈다. 그 힘이 사라지면 상징색인 은발과 청안 역시 함께 사라질지도 몰랐다. 그에 대한 언급은 따로 듣진 못했지만, 룬의 힘을 폐했을 때 그의 형도 머리 색이 변했다고 들었으니 아마도 그럴 가능성이 컸다.

왠지 모를 충동에 시벨리우스는 자신의 은발을 집어 들고 가만히 살폈다. 평생 봐왔던 색이기 때문인가. 막상 달라질 거라 생각하니 그 자신이 바랐던 일임에도 불구하고 묘하게 시원섭섭했다. 그런 그를 보는 아셀은 대화를 전혀 따라가지 못해 혼란스러워하고 있었다. 이럴 땐 드높은 재상도, 잘 나가는 주술사도 존재하지 않았다. "아무것도 아냐." 헛웃음을 삼킨 시벨리우스가 대충 말을 둘러 넘겼다.

"근데 손에 들고 계신 그건 정말 뭡니까?"

"네가 보기엔 뭐인 것 같아?"

"으음, 글쎄요. 빛깔은 예쁘네요. 뭔가 금가루를 섞은 피처럼 보이는 것 같기도 한데요."

"예리하네."

"헉, 정말 피입니까?"

"응."

"그, 그런 걸 대체 왜 갖고 계십니까?"

"전해달란 부탁을 받았거든."

피라는 말에 경악하던 아셀의 얼굴이 더 괴상해졌다. 마치 제 자식이 이상한 사람과 어울리는 걸 발견한 부모 같은 표정이었다. 친구는 가려 사귀라며 잔소리할 기세에 시벨리우스는 피식 웃었다.

"이래 봬도 귀한 거야."

"그래 봤자 피밖에 더 됩니까! 얼른 전해줘 버리고 털어버리세요."

"아직 고민 중이야. 좀 멀리 가야 해서."

"……많이 멉니까?"

"상당히. 아마 한번 가면 오랫동안 돌아오지 못할 거야. 가는 길은 어렵지 않은데, 귀환 경로를 잡는 게 좀 까다롭거든."

"바, 바로 가실 건 아니죠?"

"글쎄."

일단 엘이 돌아오길 기다렸다가 결정할까. 아스와 데르온이 어떻게 지내는지 궁금하기도 했고, 나름대로 보고 싶기도 했다. 하지만 엘이 왔을 때 마중 나가지 못하는 건 싫었다. 무엇보다 이사나와 알리사가 마음에 걸렸다. 엘이 없는 지금은 자신이 그 두 사람의 보호자나 다름없었다. 부탁을 받은 건 아니지만 여정의 시작부터 함께한 덕분인지 책임감을 느끼고 있었다.

한 치 앞도 알 수 없는 것이 인간의 삶이다. 지금은 평온해도 또 갑자기 전쟁이 일어날 수도 있었고, 역병 같은 재난이 찾아들지도 몰랐다. 자신이 없는 동안 둘에게 무슨 일이 생긴다면 두고두고 자책할 것 같았다.

'귀여운 후손도 이렇게 불안해하고 말이지.'

시벨리우스는 묘하게 시무룩해져 있는 아셀을 보고 다시금 웃었다.

"그냥 관둬야겠다."

"정말요?"

"응, 귀찮아졌어."

"하하, 그럴 수 있죠. 그러면 일단 그런 수상한 피 따위는 잊어버리시고 저랑 산책이나 가시는 건 어떠십니까? 루비궁의 정원이 완공되었는데 굉장히 아름답다고 소문이 자자합니다."

"그래, 그러자."

그가 선뜻 호응하며 몸을 일으키자 아셀의 얼굴이 환해졌다.

물론 관둔다는 건 거짓말이었다. 언젠가 적당한 때가 오면 전해 주러 가긴 할 생각이었다. 다행히 루세프의 말에 의하면 정수가 당장 복원된 상태라도 몇백 년 정도는 유지될 거라 했다. 그 정도면 시일은 넘치도록 충분하니 좀 더 느긋하게 굴어도 괜찮을 것 같았다. 원래 깜짝 선물이란 늦게 개봉하는 법이지 않은가.

"시벨 님, 여기요! 이쪽입니다. 여기 좀 보세요. 벌써부터 꽃이 너무 예쁘지 않습니까?"

게다가 저 모습을 두고 발길을 옮길 수 있을 리가.

어린애처럼 쉴 새 없이 재잘거리는 아셀을 보며 시벨리우스는 고개를 절레절레 저었다. 급격하게 시무룩해져 있다가 헤어지지 않는 줄 알곤 저렇게 좋아하다니, 다 큰 척하지만 아직 멀었다. 물론 시간이 아무리 지나도 그의 눈엔 어린애로 보이겠지만, 그런 사소한 문제는 차치해도 괜찮을 것이다.

역시 다음 여행은 꽤 나중에서야 시작할 수 있을 모양이었다.

외전 3

1.

카터스 제국 최고의 명문으로 꼽히는 〈얀 아카데미〉.

대륙의 수재들을 전부 쓸어모은다는 평을 받는 만큼 걸출한 인재를 배출하는 것으로도 유명한 이 학교엔 크게 다섯 개의 학부가 존재한다. 예술학부와 신학부, 정치외교학부와 무술학부, 그리고 마법학부가 바로 그에 해당했다.

각 학부는 전공 별로 다시 세분화되며, 학관이 따로 존재하기에 기숙사나 특별한 교류가 있지 않는 한 다른 학부 학생끼리 동선이 겹치는 경우는 별로 없었다. 그중에서 가장 큰 학관을 보유한 건 얀 아카데미의 상징이자 자부심이기도 한 마법학부였다. 본래는 순수마법과 연금술 분야만 취급했으나 몇 년 전부터는 더 다양한 이능력을 수용하기 시작하면서 정령술과 고대 주술에까지 범위가 넓어진 상태였다.

교과과정은 학부마다 다르지만 마법학부는 총 십 학년으로 구성된다. 신입생은 일 년간의 공통 과정을 거친 후, 이 학년 때부터 본격적으로 전공을 정할 수 있었다. 올해 입학한 마법학부 신입생, 중간시험을 앞둔 스텔라는 이 문제로 고심이 컸다.

'어떻게 하지…….'

사실 일 년간의 공통 이수 과정은 마법학부에선 큰 의미가 없다고 봐도 과언이 아니었다. 이능, 그중에서도 마법 계열은 타고나는 재능이 차지하는 비율이 큰 능력이라 대개 어릴 때 발굴되는 편이다. 당연히 그만큼 일찌감치 진로가 정해졌다. 그런데도 공통 이수 과정을 둔 건 재능을 늦게 깨우친 사람에게 적응할 시간을 주기 위해서, 그리고 성적에 따라 현장과 연구직으로 계열을 나누기 위해서였다.

정령술과 주술 학과를 도입한 후로는 혹시나 더 적합한 진로를 나중에 깨달을 수도 있다는 목적도 추가되었다. 물론 이 경우는 지극히 희박한 확률이다 보니 구색을 갖추기 위해 적어둔 목록 정도로 취급하는 사람이 더 많았다. 그런데 얼마 전 스텔라에게 그 대충 적어둔 목적을 온몸으로 실감하는 일이 일어나고 말았다.

"너, 그거 재밌어?"

모든 건 어느 선배가 건넨 한마디 말로 시작됐다. 그때 스텔라는 기말시험을 앞두고 늦은 밤까지 공용 훈련장에서 홀로 실기 연습을 하던 중이었다. 아무리 해도 잘되지 않아 울상을 짓고 있는데 벌컥 문이 열리더니 한 여학생이 들어왔다. 나이는 그리 많아 보이지 않는데, 교복에 단 회색 뱃지를 보아 구 학년 선배였다. 마법학부는 개인 연습에 더 치중하다 보니 졸업에 가까워질수록 학관에 잘 안 나오는 편이긴 하지만 그런 점을 감안하고서라도 처음 보는 얼굴이었다.

'와…….'

무심코 돌아본 스텔라는 자기도 모르게 감탄했다. 처음 보는 선배는 묘한 분위기를 지니고 있었다. 허리까지 늘어트린 금사처럼 화려한 금발, 단아한 얼굴선, 주홍빛 눈동자는 마치 노을을 담아낸 듯했다. 밀 빛의 피부는 잡티 하나 없이 깨끗해서 도자기 같았다. 정석적인 화려한 미인형은 아니었지만 그보다도 표현하기 힘든, 시선을 사로잡는 기운과 분위기가 있었다.

'엄청 높은 신분인가 봐.'

최소 왕족은 분명할 거라고, 스텔라는 확신했다.

아카데미는 학비가 비싼 만큼 귀족들이 많았다. 그중에서도 저런 분위기를 지닌 사람들은 하나같이 범상치 않은 신분을 지니고 있었다.

"뭐야, 선객이 있었네."

"아, 안녕하세요!"

벌떡 일어나 인사를 하자 여학생이 황당하다는 듯 눈을 깜빡이다 피식 웃었다. 와, 웃는 모습도 박력 있다. 스텔라는 긴장하면서도 다시금 감탄했다.

"방해되지 않는다면 나도 같이 써도 될까?"

"네! 그, 그럼요!"

양해를 얻은 여학생은 한 곳에 자리 잡은 후 곧장 가볍게 몸을 풀기 시작했다. 마법학부 중에서도 체력 단련에 신경 쓰는 사람이 있다고 들었는데 그런 경우인 것 같았다. 단지 건강을 관리하는 수준이라기엔 더 본격적으로 단련된 몸이었다. 가벼운 동작에서마저 범상치 않은 기세가 느껴지는 게, 무술학부생이라고 해도 믿을 수 있을 것 같았다. 한동안 넋을 잃고 힐끔거리기 바쁘던 스텔라는 제 코가 석자라는 생각에 다시 원래 하던 연습에 집중하기 시작했다. 실제로 스텔라는 지금 일생일대의 위기에 당착한 상태였다. 조만간 실기 시험을 치러야 했기 때문이었다.

'역시 안 돼.'

손끝에 모이던 열기가 파시식 식었다. 한참 동안 끙끙거리던 스텔라는 이내 한숨을 내쉬었다. 어릴 때 마나 테스트를 거치고 마법사로서 가능성을 인정받은 스텔라에겐 한 가지 치명적인 문제가 있었다. 실전 마법에 성공해본 적이 지금까지 단 한 번도 없다는 사실이었다.

지금 연습 중인 건 불을 활용한 공격 마법이었다. 재능만 있으면 열 살 꼬마들도 성공한다는 기초 마법인데 스텔라에겐 도저히 넘을 수 없는 벽이었다. 이론은 완벽하게 이해한다고 생각했는데 실전에선 아무런 소용이 없었다. 제대로 마력을 운용한다 싶어도 금방 허무하게 흩어져버렸다. 무리하게 연습하고 난 후엔 몸살도 앓았다. 마치 몸이 마법사가 되는 걸 거부하는 것 같았다. 연금술로 간다 해도 마력을 다룰 줄은 알아야 하기 때문에 기초적인 마법은 할 수 있어야 한다. 아직 일 학년이니 지켜만 보는 중이었지만 이번 시험에서도 낙방하면 틀림없이 문제가 될 것이다.

"대체 왜 안 되는 거야."

답답한 마음에 스텔라는 울상을 지었다. 마법이란 학문이 사람의 형상을 하고 있다면 멱살을 붙들고서라도 뭐가 문제인 거냐고 묻고 싶었다.

"안 되는 걸 하니까 안 되지."

그런데 정말 대답이 돌아왔다. 깜짝 놀란 스텔라는 뒤를 돌아보았다가 이곳에 다른 사람이 있다는 사실을 상기했다. 언제부터 지켜보고 있었던 건지 여학생이 빤히 바라보고 있었다.

"뭐, 뭐예요."

"너, 그거 재밌어?"

이어진 질문에 스텔라는 입을 꾹 다물었다. 무례하다고 한마디 하고 무시해도 되는 상황이었지만 고개를 젓는 걸 막을 수가 없었다. 시도할 때마다 실패하는데 재미있을 리가. 실전 연습을 할 땐 스텔라는 자신이 세상에서 가장 쓸모없는 존재가 되는 것만 같아 자괴감을 견디기 어려웠다. 여학생은 그럴 줄 알았다는 듯한 표정을 짓더니 성큼 다가와 손을 내밀었다.

"잠깐 잡아봐."

갑자기 웬 악수인가 싶다가도 스텔라는 얌전히 응했다. 손을 잡자마자 여학생은 얼굴을 찌푸렸다.

"역시 맞잖아. 너 대체 왜 마법을 배우고 있는 거야?"

"네?"

"네가 가진 마나는 마법에 맞는 게 아니야."

"그, 그럼요?"

"내가 보기엔 정령사 쪽이네."

이건 또 무슨 소린가 싶어서 스텔라는 눈을 깜빡였다. 그 황당해하는 표정을 뻔히 봤으면서도 여학생은 전혀 신경 쓰지 않는 얼굴이었다.

"불의 정령사가 될 소질이 있어."

"무, 무슨 말을 하시는 건지……. 전 마법사고, 마법과 정령술은 같이 배울 수 없는데요."

"그러니까 내가 이렇게 황당해하지. 너 일 학년이지? 몇 살이야? 마법은 언제부터 배웠고?"

"열여섯이요. 열 살 때 마나 테스트를 받고 재능이 있다는 말을 들었어요. 그동안엔 이론과 마력 훈련만 해오다가 실전 마법은 아카데미 들어오면서부터……."

"아카데미 들어올 때 테스트 한 번 더 받아봤을 거 아냐. 화기가 이렇게 뚜렷한데 교수 중에서 한 명도 알아보는 사람이 없었어? 벌써 학년 중반인데?"

"그, 그런 말은 지금까지 아무도……."

"어휴, 아무리 화기가 공격 마법과 성질이 비슷하다지만. 아무튼 명문이라고 백날 떠들면 뭘 해. 사방에 멍청한 놈들 천지라니까. 일단 넌 내일 당장 니엘 교수님한테 가 봐."

제국의 자랑인 아카데미를 하찮은 것처럼 폄하하는 말에 당황하던 스텔라는 이어지는 이름에 흠칫 놀랐다. 니엘 교수는 정령술과의 주임교수로, 바람의 중급 정령사였다. 상대가 농담한다고 여기진 않았지만 그 말을 믿는 것도 아니었기 때문에 주임교수의 이름까지 나오니 정신이 번쩍 들었다. 얼굴이 굳어지자 여학생은 무슨 생각을 하는지 알겠다는 듯 한심해하는 표정을 지었다.

"실기 연습하고 나면 몸 아프지 않아? 가끔 코피도 나고?"

"그, 그걸 어떻게 아세요?"

"너 그러다 진짜 큰일 난다. 그나마 빨리 깨달아서 다행인 줄 알아. 돌이킬 수 없게 되기 전에 얼른 멈춰. 난 분명히 말했다?"

혀를 쯧쯧 찬 후 여학생은 연습할 흥이 깨졌다며 그대로 돌아나갔다. 그날 밤 넋을 잃은 채 기숙사로 돌아간 스텔라는 밤새 한잠도 이루지 못했다. 고작 오늘 처음 보는 정체 모를 선배의 허무맹랑한 소리였다. 고학년이라고 해봤자 아직 학생의 신분. 심지어 마법학부는 졸업 학년에서 평생 멈춰 있는 자들이 더 많았다. 오죽하면 언데드라는 별명이 붙을 정도였다. 그 선배는 아직 어려 보였으나 앞일은 두고 봐야 하는 법. 오히려 다른 이들보다도 더 늦게 졸업할지도 모른다. 그러니 그런 불안정한 위치에 있는 사람이 건넨 말에 휘둘릴 필요는 없었다. 하지만 아무리 그렇게 달래 봤자 속이 진정되지 않았다. 마법 연습을 하면 몸이 아프다는 건 아무에게도 말하지 않은 비밀이었다. 그걸 한눈에 알아본 건 그 선배밖에 없었다.

결국 스텔라는 아침이 되자마자 니엘 교수를 찾아갔다. 꼭두새벽부터 찾아온 학생을 보고 어리둥절해하던 교수는 자초지종을 듣고 당황해하다가 심각해졌고, 곧 스텔라에게 이것저것 지시하며 몇 가지 시험을 했다. 그렇게 나온 결과는 청천벽력같았다.

"세상에, 정말이구나. 네 마나는 정령술에 더 적합한 것 같다."

아직 마나를 측정하는 기술은 그렇게까지 섬세하지 못했다. 타고난 순도와 양 정도만 알아내는 수준이라 어느 술법에 더 적합한지는 배워봐야 아는 편이었다. 이번처럼 타고난 성질을 알아보지 못하고 길을 잘못 드는 바람에 폐인이 되는 경우도 드물지만 간혹 있었다. 그나마 몸을 망치기 전에 발견한 스텔라는 아주 운이 좋은 편이었다.

그러나 평생에 걸쳐 해온 공부가 한순간에 아무런 의미가 없게 됐다. 그 충격적인 사실을 스텔라는 어떻게 감당해야 할지 몰랐다. 널리 알려진 마법에 비해 정령술은 너무 생소한 영역이라 더 막막하기만 했다. 흥분한 니엘 교수가 정령사의 장점에 대해 열심히 설파하는 말도 잘 와 닿지 않았다.

하지만 가장 문제가 되는 건 후원이었다. 스텔라는 평민인 데다가 집안 형편도 넉넉지 않았다. 학비가 비싼 아카데미에 들어올 수 있었던 건 졸업하면 계약하는 걸 전제로 귀족의 후원을 받았기 때문이었다. 아무리 재능이 있어도 이런 기회는 쉽게 찾아오지 않는다. 하물며 이제 와서 전공을 바꾸는 걸 그의 후원자가 이해해 줄 가능성은 거의 없다고 봐야 했다. 어차피 이대로 있어도 마법사가 되지는 못할 테니 후원이 잘리기는 마찬가지였다.

"정말 어떡해."

앞길이 캄캄해진 스텔라는 연신 한숨을 내쉬었다.

아카데미에 입학할 때만 해도 세상을 다 가진 것 같았는데, 그게 고작 일 년 만에 물거품이 될 거라곤 상상도 하지 못했다. 하늘이 야속하고 또 야속했다. 당장 할 수 있는 거라곤 넘치는 눈물을 쏟아내는 것뿐이었다.

* * *

포크에서 툭 떨어진 케이크 조각이 접시에 안착하지 못하고 식탁을 더럽혔다. 하지만 케이크를 떨어트린 이나, 그 장면을 바라보고 있는 이나 그걸 신경 쓰는 사람은 아무도 없었다.

"……그게 정말이야?"

당혹감이 실린 목소리에 스텔라는 우울한 얼굴로 고개를 끄덕였다. 그 맞은편에 앉아 있던 소녀, 시안은 결국 들고 있던 포크를 완전히 내려놓았다. 가장 좋아하는 딸기 케이크였지만 지금은 도저히 먹을 기분이 들지 않았다.

무술학부의 검술학과에 재학 중인 시안은 스텔라와 한마을에서 나고 자란, 친자매보다 더 돈독한 사이였다. 아카데미 역시 같은 귀족의 후원을 받아 함께 입학했기 때문에 별다른 이변이 없다면 앞으로도 평생 얼굴을 보고 살 예정이었다. 그런데 설마 그 이변이 일어날 줄이야. 침울한 스텔라만큼이나 시안의 얼굴도 어두워졌다.

"그럼 너 이제 정령사 되는 거야?"

"그 외엔 다른 길이 없어."

"하긴, 그렇겠구나. 마법과 정령술은 마나의 성질이 전혀 다르니 선택하고 말고 할 여지가 없네. 정령술에 맞으면 마법은 어차피 안 되는 거지. 둘 다 할 수 있는 건 드래곤뿐이었나?"

"응, 그렇지."

무겁게 고개를 끄덕인 스텔라가 한숨을 내뱉었다. 시안도 한숨이 나오긴 마찬가지였다. 평생 한길만 알고 걸어온 여정이 이렇게 갑자기 틀어질 줄 누가 짐작이나 했겠는가. 단순히 선호하는 무기를 바꾸는 수준 정도가 아니었다. 지금까지 배우던 모든 걸 접고 전혀 새로운 영역을 처음부터 다시 시작해야 했다.

"마레온 자작님껜 연락드렸어?"

"……응. 답도 받았어."

"뭐라고 하셔?"

스텔라는 말없이 고개를 숙였다. 그 음울한 모습만 봐도 충분했기에 시안은 더는 묻지 못했다. 스텔라가 그간 마법을 성공하지 못해도 후원받을 수 있었던 건 여차하면 연구직으로 틀어도 되기 때문이었다. 연금술 쪽으로만 가도 활용할 수 있는 범위가 넓었다. 아니, 오히려 마레온 자작은 스텔라를 연금술사로 키울 예정이었을 것이다. 이론으로는 성적이 매우 좋은 편이라 기초적인 마력을 다루기만 할 줄 알면 쓸 만한 연금술사가 될 가능성이 무궁무진했다. 그런데 이제 그쪽 진로조차 완전히 막히게 됐다. 마나가 정령술에 적합하다면 앞으로도 마력을 다룰 일은 없다는 의미였으니까. 결국 정령사로서 평가해야 한다는 말인데, 마레온 자작은 이를 받아들이지 않기로 한 모양이었다.

'하긴, 너무 모험이긴 하지.'

강한 정령사는 마법과 비교도 할 수 없는 범위 공격을 할 수 있다고 들었다. 하지만 그것도 중급 이상이나 해당하는 얘기였다. 니엘 교수가 진단한 스텔라의 잠재력은 하급 정령과 계약할 수 있는 수준이었다. 화력이 가장 떨어지는 하급 정령, 심지어 불의 정령이면 전투 외에 다른 방면으로 활용할 만한 건도 별로 없었다. 마법은 꾸준히 수련하면 일정 수준에 도달할 수라도 있지만 정령술은 그렇지도 않았다. 계약한 정령과의 소통을 통한 성장은 이룰 수 있어도 상위 계약을 하는 사례는 극히 드물었다. 하급 정령사는 대체로 평생 하급 정령사였다.

쓸모없는 일에 돈을 쓰는 귀족은 없다. 정령사 자체가 희귀하긴 하나 그런 이유로 비싼 아카데미의 학비를 치를 가치는 없다고 판단할 것이다. 투자하는 입장에선 원하는 성과를 얻지 못하면 중단하는 게 당연했다. 시안도 스텔라도 후원을 못 받게 될 가능성은 언제든 염두에 두고 있었다. 그러나 이번 일은 워낙 날벼락이다 보니 입맛이 썼다.

"아카데미를 그만둬야 하는 거야?"

"모아둔 돈으로 올해까진 어떻게든 될 것 같아. 그 이후가 문제지만."

"지금 당장 정령과 계약할 수는 없나? 일단 정령사면 학비를 지원받을 수 있는 장학금 제도라도 찾아볼 수 있을 텐데."

"소환을 할 수 있어야 말이지."

스텔라의 얼굴이 더 어두워졌다. 정령 소환식을 찾는 것 자체는 그리 어렵지 않았다. 하지만 방법을 안다고 해서 누구나 쉽게 성공하는 건 아니었다. 이계의 존재를 이 땅에 소환하려면 자신을 찾아올 수 있도록 정확한 통로를 내야 한다. 정령의 경우 이 길을 열기 위해선 충분한 친화력이 필요한데, 타고나지 않는 한 훈련을 통해 끌어내야 했다.

지금 스텔라는 정령사의 소질을 지닌 상태일 뿐, 소환할 만한 친화력은 지니고 있지 않았다. 더구나 너무 오랫동안 마법사 방식의 마력 훈련을 해온 탓에 새로운 훈련을 따라가지 못하고 있었다. 오히려 아무 자질도 없는 일반인보다도 상황이 더 나빴다. 니엘 교수 역시 최소한 몇 년은 시간을 들여 수련해야 하며 그렇게 해도 결과를 확신할 수 없다고 말했다. 문제는 그 기간을 감당할 학비조차 없다는 거였다. 정령사가 되면 장학금을 받을 수 있긴 하겠지만, 그 정령사가 되기 위해선 일단 아카데미를 다녀야 한다. 도저히 해결할 방법이 없는 무한의 굴레였다.

물론 아카데미를 그만둔 후에 혼자서 수련한다는 선택지도 있긴 했다. 하지만 지금도 이렇게 헤매는데 누군가의 지도 없이 독학으로 얼마나 제대로 할 수 있을지 자신이 없었다. 따로 배움을 청해보려 해도 아카데미 밖에선 도움받을 길이 요원했다. 정령사는 희귀한 만큼 그 수가 매우 적었다. 심지어 자유로운 성향이 강해 어느 한 곳에 소속되는 사례도 드물었다. 몇 년째 아카데미 교단에 머무는 중인 니엘 교수가 상당히 특이한 사례일 정도였다. 그 니엘 교수만 해도 처음엔 교수직을 거절했다고 들었다. 당연히 교류회나 길드 같은 건 존재하지도 않았다.

"같은 재능이라도 대우는 다르다니, 세상은 참 불공평해. 누구는 없던 학과와 교수를 만들어내서 모셔오는데, 누군 학비가 없어서 전전긍긍해야 한다니 말이야."

시안이 먹다 남긴 케이크를 포크로 헤집으며 투덜거렸다. 무슨 말인지 바로 이해한 스텔라가 쓰게 웃었다.

"그 선배 얘기지?"

"그래, 그 알리사라는 선배 말이야."

역시나 시안은 예상한 이름을 답했다. 땅의 정령사 알리사. 고작 열세 살의 나이에 독학으로 정령술을 깨우쳐 중급 정령과 계약한 천재로, 모를 수가 없는 얀 아카데미의 유명인사였다. 정보에 둔감한 편인 스텔라도 그 이름만큼은 잘 알았다. 입학하자마자 월반을 거듭하여 재학 오 년 만에 졸업 학년을 앞두고 있다고 하던가. 한때 순수마법과 연금술만 다루던 마법학부에 정령술을 도입하게 한 장본인이기도 했다. 교수직을 고사하던 니엘 교수가 제안에 응한 것 역시 그 천부적인 땅의 정령사와 인연을 만들기 위해서였다. 그리고 알리사는 그러한 자신의 가치를 능력으로 다시 증명해냈다. 얼마 전 땅의 상급 정령 클레이의 소환에 성공한 것이다. 그토록 힘들다는 상위 계약을 고작 스무 살도 되지 않는 나이에 이루었다. 세상에 저런 사람이 존재할 수도 있구나 싶었다.

하지만 그러한 유명세에 비해 알리사에 대해 알려진 정보는 거의 없었다. 제국인지 왕국인지 출신지조차 불분명했고, 신분도 명확지 않았다. 선황의 숨겨진 딸이라느니, 어느 제국의 대귀족이라느니, 사실은 엘프와 혼혈이라느니, 떠도는 말들은 많았지만 전부 확인되지 않은 소문이었다. 심지어 마검의 주인이라는 말까지 돌아다닐 정도라 관련된 얘기는 아무것도 믿지 않는 게 차라리 더 나을 정도였다.

정확한 건 평민의 신분으로 입학했다는 것, 사람들과 별로 교류하지 않는다는 것, 방학 때마다 행방이 묘연해진다는 것. 그리고 일 년에 한 번씩 머리에 검은 리본을 단다는 것 정도였다.

“그것만 들어도 꽤 특이한 사람일 것 같긴 해. 외모도 아름답다던데 사실일까?”

“뭐, 예쁘긴 하더라.”

“설마 봤어?”

놀란 스텔라가 묻자 시안이 내키지 않는 얼굴로 고개를 끄덕였다.

“얼마 전에 학교에 나왔더라고. 주위가 시끄럽길래 슬쩍 보고 왔지.”

“일부러 가봤단 말이야? 너 그런 거에 별로 관심 없잖아. 아, 알았다. 그 소문 때문이지? 아셀 님이 그 선배의 숨겨진 후원자라는…….”

“쉿!”

시안이 얼른 손가락을 입술에 가져다 댔다. 스텔라 역시 급히 자신의 입을 가렸다. 가만히 숨죽인 스텔라를 향해 시안이 눈을 부라렸다.

“얘가 못하는 말이 없네. 두 사람은 그냥 예전에 친하게 지낸 사이였을 뿐이야. 아셀 님이 후원한다는 증거는 어디에도 없어. 약혼 관계라서 후원하는 건 더더욱 아니라고. 알겠어?”

“거기까진 말 안 했는데.”

“아무튼!”

붉어진 얼굴로 씩씩거리는 시안을 보며 스텔라는 피식 웃었다. 아셀은 알리사만큼이나 이름이 알려진 유명인사로, 아카데미의 전설로 불리는 졸업생이었다. 평민 출신으로 황태자의 인정을 받아 보좌관에 오른 남자. 졸업해서는 다른 제국으로 건너가 재상이 되어 모두를 경악하게 했다. 올해 입학한 두 사람은 아셀과 함께 학업할 기회는 없었지만 얼마 전 황제의 탄신 연회에 축하 사절단으로 참여한 그를 본 적이 있었다. 어딘지 우수에 찬 느낌의, 차분하고 단정한 분위기를 지닌 미남자였다. 그리고 그때부터 시작한 시안의 짝사랑은 아직도 현재 진행 중이었다.

"한눈에 반하다니. 요즘 시대에 너무 안 어울리는 순정이야."

"시끄러워, 스텔라. 두고 봐. 나도 꼭 스왈트 제국에 갈 거야."

"포부는 좋은데, 어느 세월에? 무술학부가 마법학부보다야 교과과정이 짧다지만 그래도 오 학년 과정이야. 게다가 졸업한 후로 십 년간은 마레온 자작 가문을 섬겨야 하잖아?"

"괜찮아. 얼마나 오래 걸리든 참을 수 있어."

아니, 네가 문제가 아니라 그 사이에 아셀 님이 혼인하지 않을까. 스텔라는 조심스럽게 짐작했지만 그걸 입 밖으로 꺼내는 누를 범하진 않았다. 어차피 자신이 알려주지 않아도 깨달을 수밖에 없는 현실일 터였다. 당장 아셀과 알리사가 약혼한 관계라는 소문만 해도 무시할 수 있는 수준은 아니었다. 이것만은 스텔라 역시 꽤 신빙성이 있다고 보고 있었다. 그럴 수밖에 없는 게, 알리사를 아카데미에 소개해준 사람이 바로 아셀이었다. 입학 전엔 한동안 그의 저택에서 지내게 했을 뿐만 아니라 입학에 필요한 모든 과정도 아셀이 전담해서 진행했고, 학업 중에도 보호자를 자청하며 살뜰히 챙긴 것으로도 유명했다. 졸업한 지 꽤 지난 지금까지도 자주 안부 편지를 주고받는다는 건 딱히 비밀도 아니었다. 이 정도면 단지 친했다기엔 더 깊은 교류가 있는 게 분명했다. 물론 이 부분에 대해 끝내 부정하는 건 시안뿐이었다.

"그거야 그냥 재원 포섭이지. 어쩌면 알리사 선배가 스왈트 제국 황제랑 관계가 있는 걸 수도 있고."

"스왈트 황제랑?"

"둘 다 정령사잖아. 숨겨진 혈연일 수도 있지 않을까?"

"아."

'그러고 보니 스왈트 제국 황제가 정령사였지.'

문득 상기한 사실에 스텔라의 얼굴이 진지해졌다. 스왈트 제국의 젊은 황제 이사나는 물의 상급 정령사로 알려져 있었다. 확인되지 않은 부분이긴 하지만 정령왕과 계약했다는 소문도 존재했다. 물론 그게 사실이 아니라도 이사나 황제가 매우 뛰어난 정령사라는 점만은 분명했다. 그 외에 스왈트 근위대 대장 중에도 정령사가 있다는 말을 들은 적이 있었다. 심지어 그는 물과 바람의 상급 정령을 이중으로 계약했다는 괴물이었다. 예전엔 관심 없이 넘겼던 부분들이었는데 지금은 그 모든 것들이 전부 새삼스럽게 와 닿았다.

“그게 아니면 우리 제국 황제님과 관련이 있는 건지도 몰라. 왜, 전에 교내 친선 대회에 폐하가 참관하러 오셔서 난리가 난 적이 있잖아? 그게 알리사 선배를 보러 온 거라는 말이 있더라고. 우리 황제 폐하가 제왕의 별을 타고났다는 얘기 알지? 그 반려성이 알리사 선배라는 말이…….”

이후에도 시안은 계속해서 떠들었지만 이미 그때쯤 스텔라의 머릿속엔 온통 스왈트 제국에 대한 생각뿐이었다. 황실에 유난히 강한 정령사들이 모여 있다는 사실이 어쩐지 상서롭게 느껴졌다. 그곳으로 가면 뭔가 좋은 방법이 생기지 않을까, 혼자만의 생각에 몰입한 스텔라가 홀로 심각하게 고민할 때였다.

“스텔라, 저기 봐. 그 선배다.”

“응?”

“알리사 선배 말이야.”

그 말에 반사적으로 고개를 돌린 스텔라는 곧 자신의 눈을 의심했다. 그들이 있는 휴게실 안으로 한 여학생이 들어서고 있었다. 짙은 금발에 주홍빛 눈동자가 무척이나 낯익었다. 자신에게 정령사의 재능이 있다고 알려준 바로 그 선배였다.

‘저 사람이 알리사 선배였어?’

담소로 왁자지껄하던 공간이 어느 순간부터 급격히 조용해졌다. 모두가 노골적으로 알리사를 의식하고 있었다. 보기만 해도 부담스러운 광경에 제가 더 질린 스텔라가 낮게 숨을 죽였다. 그러나 정작 당사자는 전혀 신경 쓰지 않는 태도로 주위를 두리

번거리기만 할 뿐이었다. 그러다 다음 순간 그쪽을 힐끔거리던 스텔라와 시선이 마주쳤다.

그때까지만 해도 스텔라는 알리사가 자신을 알아볼 거라곤 생각하지 않았다. 설령 알아보더라도 그냥 눈인사만 건네거나 무시할 거라고 생각했다. 그런데 오히려 알리사는 정확히 스텔라에게 시선을 고정했다.

"여기 있었구나."

심지어 가까이 다가오기까지 했다. 성큼성큼 걸어온 알리사가 바로 앞에 서자 스텔라는 자신도 모르게 자리에서 벌떡 일어섰다.

"아, 안녕하세요!"

"응, 안녕. 나 기억해? 얼마 전에 봤는데."

기억하지 않을 리가 있나. 오히려 자면서도 잊을 수 없는 얼굴이었다. 설마 그 사람이 아카데미의 유명인사 중 하나라는 건 꿈에도 몰랐지만. 눈앞에서 생긋 웃는 얼굴에 스텔라는 정신을 차릴 수가 없었다. 시안이 어떻게 된 거냐고 눈으로 묻는 것이 보였지만 아무런 말도 답할 수가 없었다. 자신도 뭐가 뭔지 몰랐으니까.

"니엘 교수님한테 들었어. 내가 조언한 대로 바로 교수님을 찾아갔다며?"

"앗, 네, 네에."

"잘했어. 위험해 보여서 너무 신경 쓰였거든. 역시 내 말이 맞았지?"

"네, 네에……."

알리사는 마냥 잘됐다는 표정이었지만 안 그래도 그 문제로 머리가 복잡한 상태였던 스텔라는 당연히 따라 웃지 못했다. 억지로 대답하자 알리사의 눈빛이 깊어졌다.

"어쩐지 기운이 없네? 니엘 교수님이 네가 진로를 고민하는 것 같다고 하던데, 역시 그 때문이야?"

"아, 그게……."

"하긴, 모두가 다 같은 생각일 순 없지. 할 말이 있는데 나한테 잠시 시간 좀 내줄 수 있어?"

스텔라는 거의 반사적으로 고개를 끄덕였다. 모두의 주목을 받는 상황이라 거절할 수도 없었지만, 그게 아니라도 알리사의 목소리엔 거역하기 힘든 분위기가 있었다.

"날 따라와."

알리사는 먼저 몸을 돌리고 걸어나갔다.

그 모습을 주시하던 사람들의 시선이 이제 모두 스텔라를 향했다. 대체 저 애가 뭔데 알리사가 관심을 보이는 거냐는 표정이 역력했다.

왠지 저 선배와 얽힌 후로 계속 일이 꼬이는 것 같은 건 제 기분 탓일까. 크게 심호흡한 뒤 스텔라는 눈을 딱 감고 따라나섰다. 도살장에 끌려들어 가는 듯한 그 모습을 향해 시안이 손수건을 흔들며 조용히 응원했다.

*　　*　　*

도착한 곳은 알리사가 쓰는 기숙사 방이었다. 설마 이렇게 개인적인 공간으로 초대받을 줄은 몰랐던 스텔라는 왠지 황송한 마음이 들어 조심스럽게 주위를 둘러보았다. 개인실이었지만 2인실인 자신의 방과 구조는 크게 다르지 않았다. 침실을 겸한 방 하나, 작은 응접실 하나로만 이뤄진 단출한 구성. 공간은 더 컸지만 딱히 꾸며진 곳이 없어 오히려 더 허전했다. 누가 봐도 잠만 자는 공간이란 느낌이라 스텔라는 알리사의 성격을 내심 짐작해볼 수 있었다. 다만 침대 바로 옆 벽면에 걸린 거대한 검만은 눈에 띄었다. 검붉은 색이 묘하게 시선을 끄는 검이었다.

"저 검은……."

"아, 저건 그냥 내버려 둬. 벌 받는 중이니까."

"네?"

"저렇게 걸어두면 목소리밖에 못 듣거든. 답답해서 미치려고 하지."

"그게 무슨……."

—진짜 못됐어요!

그 순간 들려온 목소리에 스텔라는 눈을 부릅떴다. 처음엔 자신이 잘못 들은 거라 생각했다. 그런데 그 순간 벽에 걸린 검이 부르르 몸을 떨었다.

—어떻게 가면 갈수록 못돼먹을 수가 있어요?! 내게 이런 짓을 하고

도 무사할 줄 알아요? 난 널 지켜주는 거룩한 존재라고요! 고이고이 경애하고 섬기지는 못할망정!

이번엔 분명 잘못 들은 게 아니었다. 스텔라는 한계까지 입을 벌리고 알리사를 돌아보았다.

"지, 지금! 거, 검이!"

"그래, 그래. 검이 말을 하지?"

놀라는 스텔라의 모습이 오히려 이상하다는 듯, 돌아오는 대꾸는 태연하기만 했다. 그 모습에 스텔라는 더 한기를 느꼈다. 알리사의 주변을 떠도는 수많은 소문 중 하나가 머릿속을 가득 채웠다.

"저, 정말로 마검!"

—마검이라뇻! 내가 왜 마검이에욧! 나는 용사의 검이에요! 성검이란 말이에요!

"서, 성검?"

설마 내가 마검의 제물이 된 걸까, 순순히 저런 걸 보여주는 건 곧 죽을 테니 상관없어서인가, 불길한 망상으로 빠져가던 스텔라가 멍하니 눈을 깜빡였다. 재밌다는 얼굴로 지켜보던 알리사가 결국 웃음을 터트렸다.

"미안해. 재가 원래 좀 그래. 시끄럽겠지만 그냥 한 귀로 듣고 흘려. 재가 하는 말 중에 영양가 있는 건 딱히 없으니까."

"네, 네?"

"아, 그렇지만 재가 성검인 건 맞아. 정확히는 정령검이라고 해야 하나.”

“네에?”

“아니지, 정령검의 속성에 가까운 에고소드라고 하는 게 가장 잘 맞겠다. 여하튼 성검 쪽이긴 해. 위험하지 않으니까 걱정하지 마.”

스텔라는 더는 생각하기를 포기했다. 아까부터 무슨 말을 하는 건지 도저히 이해할 수가 없었다. 그나마 확실한 게 알아들은 건 말을 하긴 하지만 위험한 검은 아니라는 것뿐이었다.

‘그래, 위험하지만 않으면 된 거지.’

모든 걸 체념하고 나니 놀라울 만큼 마음이 편안해졌다. 자신이 알리사를 따라가는 걸 지켜본 목격자도 많았고, 최근 교내에서 실종자가 발생했던 적도 없으니 괜찮을 거란 계산도 있었다. 덕분에 한결 담대해진 스텔라는 권하는 대로 테이블에 앉았다. 잠시 후 알리사가 간단한 다과를 가져왔다. 찻잔에서 풍기는 향을 맡고서 스텔라는 차 종류를 알아맞혔다. 루테인이라 불리는 나무에서 자라는 잎으로 만드는, 카터스 제국에서 가장 흔하고 대중적으로 즐겨 마시는 차였다.

흔하다는 건 곧 귀족은 잘 즐기지 않는다는 의미다. 단출한 방 안의 모습도 그렇고 차까지 서민적인 것을 보니 알리사가 평민으로 입교했다는 사실이 새삼스럽게 와 닿았다. 귀족이라는 소문은 사실이 아닐지도 몰랐다. ‘정말 평민인 건가?’ 속으로 그렇게 생각하면서 스텔라는 의례적으로 찻잔을 들었다. 그런데

혀에 닿는 맛이 원래 알고 있던 것과 전혀 달랐다. 루테인 차가 이렇게 깊은 맛을 내는 차였는지 당혹스러울 정도였다.

"맛이 좋지? 내가 직접 재배한 찻잎으로 만들었거든."

그 생각을 빤히 알겠다는 듯 알리사가 피식 웃으며 말했다. 스텔라는 멍하니 눈을 깜빡였다. 속내를 읽혔다는 민망함보다는 알리사가 직접 찻잎을 재배했다는 게 더 놀라웠다. 그러고 보니 땅의 정령사는 작물을 잘 키운다고 들었다. 단순히 풍작에 도움을 주는 거라고만 여겼는데, 맛과 품질까지 월등히 좋게 하는 능력도 있는 모양이었다.

'……나도 땅 쪽이면 좋았을걸.'

사람의 삶에서 가장 중요한 건 식량이고, 국토 대부분은 농지이며, 제국에서 가장 신경 쓰는 것도 농업이다. 그렇기에 예로부터 땅의 정령사는 귀인으로 여겼다. 하급 정령사라도 땅의 정령사는 어느 영지에서나 탐내는 존재였다. 아마 스텔라가 땅과 상성이 맞았다면 마레온 자작도 생각을 달리했을지도 몰랐다.

"같은 재능이라도 대우는 다르다니, 세상은 참 불공평해."

문득 시안이 했던 말이 떠올랐다. 물론 상급 정령사인 알리사와 소질만 있을 뿐인 자신 사이에는 현저한 격차가 존재했다. 하지만 그 말이 아주 틀린 것도 아니었다. 똑같이 정령의 재능을 타고났어도 대우가 다른 것 또한 현실이었다.

다시금 막막한 미래가 떠올라 스텔라는 급격히 우울해졌다. 그 모습을 말없이 응시하던 알리사가 자리에서 일어나 무언가를 가져왔다. 테이블 위에 두툼한 책과 정체를 알 수 없는 종이뭉치들이 쌓였다.

"저어, 이게 다 뭔가요, 선배님?"

"이쪽은 정령술의 기초적인 이해와 기본 지식을 다룬 책이야. 개념을 잡는 데 도움이 될 거야."

"아, 감사합……."

"그리고 이건 후원자 명단이랑 관련 계약서."

얼떨떨해하며 감사 인사를 하던 스텔라가 이어진 말에 눈을 휘둥그레 떴다.

"후원자 명단? 계약서요?"

"너 고용 계약을 조건으로 아카데미 학비를 지원받고 있었다며? 정령사로 전향하는 탓에 기존 후원자가 계약을 끊어서 곤란해졌다고 들었어. 아니야?"

"어, 그, 그게 맞기는 한데요."

"응, 그래서 내가 새로 후원해줄 사람을 좀 알아봤어."

"……네?"

"정확히는 내가 알아봤다기보다는 그냥 말을 흘렸을 뿐인데 소개해달라는 곳들이 있어서 말이야. 그중에서 믿을 만한 곳을 몇 군데 추렸어. 그런데 희망자마다 제시한 조건이 다 다르더라고. 네가 당사자니까 거기서 가장 마음에 드는 조건을 골라봐."

스텔라는 멍하니 눈을 깜빡였다. 가볍게 훑어본 목록만 봐도 귀족 가문부터 시작해서 용병 길드와 상단까지, 종류가 다양했다. 후원자라는 게 이렇게 쉽게 모을 수 있는 거였던가? 충격 때문에 잘 돌아가지 않는 머리로도 의문을 지울 수가 없었다.

"저어, 선배님. 니엘 교수님께 무슨 얘기를 어떻게 들으셨는지 모르겠는데요, 저는 하급 정령사가 한계일 가능성이 높다고 들었거든요. 이 명단의 분들이 그 사실을 알고 계셔야 하지 않을까요?"

"그거야 당연히 알고 있는데?"

"알고 계신다고요?"

"그럼 자선사업가들도 아닌데 아무나 후원하려고 하겠어? 그 정도는 당연히 알아보고 나서는 거야."

하급 정령사인데도 후원하겠다고 나서는 곳이 이렇게나 많다고? 도저히 믿기지 않았지만 알리사가 그렇다고 하니 믿지 않을 수도 없었다. 그럼 정말 아카데미를 계속 다닐 수 있게 되는 건가? 슬그머니 피어오르기 시작한 희망에 심장이 두근거렸다. 스텔라는 본격적으로 서류를 살펴보기 시작했다. 알리사가 어떤 말을 해둔 건지 몰라도 제시된 조건이 기존 마레온 자작과 계약한 조건보다 훨씬 좋았다. 그중에서도 가장 눈에 띄는 건 밑에 따로 놓인 두 개의 서류였다. 둘 다 테두리에 금박이 놓인 화려한 형태였는데, 그것만 봐도 아주 높은 가문에서 만들어진 서류라는 걸 알 수 있었다. 실제로 확인한 계약자 명의는 상상을 초월했다.

"황실?"

경악한 스텔라는 몇 번이고 서류를 다시 확인했다. 하지만 잘못 본 게 아니었다. 하나는 스왈트 제국 황실 재무부, 또 하나는 근위대였다. 스왈트 제국에 상급 정령사가 많다는 사실을 알고 관심을 가졌던 게 바로 조금 전의 일이었다. 그런데 마치 짜맞춘 것처럼 바로 그곳에서 후원 계약을 제안해오다니. 이 모든 일이 비현실적으로 느껴졌다.

"아, 역시 그 두 곳이 마음에 들어?"

스텔라가 서류에서 시선을 떼지 못하는 걸 보고 알리사가 물었다. 그제야 스텔라는 아득하게 날아가던 정신을 간신히 수습했다.

"저어, 선배님. 이게 대체……?"

"하긴, 아무래도 황실과 견줄 만한 곳을 찾긴 어렵지. 하지만 스왈트 제국은 생각보다 멀어. 졸업하면 고향을 떠나야 하는 거니까 충분히 잘 생각해 봐."

스텔라는 고개를 붕붕 저었다. 지금 그런 게 문제가 아니었다. 이 상황은 잘못되었다. 아무래도 뭔가 큰 착오가 있는 게 분명했다.

"이, 이거 뭔가 이상해요, 선배님."

"뭐가 이상해?"

"전 불의 정령사가 될 예정이에요. 그것도 고작 하급 수준이요. 근위대도 믿기지 않는데, 황실 재무부 같은 곳에서 저랑 계약할 이유가 없잖아요."

심지어 재무부 쪽이 근위대보다 조건도 훨씬 더 좋았다. 누구라도 탐낼 수밖에 없는 조항들뿐이라 반드시 계약하겠다는 의지마저 느껴질 정도였다. 마법학부라 수식 계산에 능할 거라 생각해서 그런 건가 짐작해봐도 선뜻 이해가 되지 않았다. 계산을 잘하는 사람을 뽑으려면 정령사가 아니라 그냥 수학을 잘하는 사람을 뽑으면 될 일이었다. 그런데 알리사는 무슨 당연한 소리를 하냐는 표정으로 바라보았다.

"무슨 소리야. 오히려 불의 정령사니까 그렇지."

"네?"

"혹시 운 좋다는 말 자주 듣지 않아?"

뜬금없는 질문에 스텔라는 당황했다. 어릴 때부터 일이 잘 풀리는 편이긴 했다. 집안 형편이 넉넉하지 않았음에도 필요한 건 늘 주어져 부족함 없이 자랐고, 자주 뜻하지 않은 기회를 얻곤 했다. 일하는 부모님 따라 잠시 방문한 제도에서 우연히 마력 시험을 보게 된 것도, 그로 인해 아카데미에 들어오게 된 것도 운이 좋았다. 당장 지금만 해도 생각지 못한 도움을 받고 있지 않은가. 하지만 이런 걸 이제 겨우 두 번 보는 선배가 어떻게 아는 건지 알 수가 없었다. 혼란스러워하는 스텔라를 보며 알리사가 그럴 줄 알았다는 얼굴로 웃었다.

"그럴 줄 알았어. 불의 정령사는 타고난 운이 좋아. 손대는 일마다 잘되고 크게 번성하지. 특히 금전운이 좋은 걸로는 따라갈 존재가 없어."

처음 듣는 이야기에 스텔라는 마른침을 삼켰다. 빙긋 웃은 알리사가 테이블 위에 놓인 책을 툭툭 두드렸다. 정령술 기초학개론, 표지에 적힌 제목이 무슨 말을 하려는 지 그대로 드러내고 있었다. 모르면 공부하라는 뜻이었다.

"정령술을 잘 모르는 사람일수록 정령사의 가치를 무력 쪽으로만 본단 말이지. 후원을 끊었다는 그 귀족은 무슨 생각을 한건지 모르겠지만 정말 멍청한 짓을 한 거야. 널 곁에 두면 적어도 무슨 사업을 하든 쫄딱 망할 걱정은 하지 않아도 될 텐데."

"그, 그런 거예요?"

"그런 거야. 이쪽 세계를 많이 아는 귀족일수록 불의 정령사를 곁에 두지 못해서 안달이라고. 그리고 말이야. 넌 고작이라고 했지만, 하급 정령사라 해서 무력이 그렇게 약하지만도 않거든? 불의 정령은 특히 공격력이 강한 정령이야. 정령과 교감만 잘하면 일당백은 충분히 할 수 있는 존재라고. 단지 서열이 가장 낮은 정령이라고 해서 하찮게 여기는 건 곤란해. 일반적인 인식이 그렇다고 정령사가 될 너까지 그러면 안 되지."

내심 하급 정령의 가치를 폄하하고 있던 스텔라는 민망함에 얼굴을 붉혔다. 쯧쯧 혀를 찬 알리사가 그 품에 떠밀 듯이 책을 안겨주었다.

"일단 이 책을 보면서 열심히 공부나 해봐. 넌 네가 얼마나 운이 좋은 사람인지 알아야 해."

"저어, 그런데 제가 정말 정령을 소환할 수 있을까요? 자질이 있어도 전부 다 소환에 성공하는 건 아니잖아요. 게다가 전 나쁜 버릇까지 들어 있어서 많이 늦을 거라고 들었거든요. 덥석 후원을 받았는데 결국 정령 계약을 하지 못하게 되면 어떡해요?"

"계약서에 그 부분에 대한 명시도 되어 있을걸? 어차피 그들도 가능성을 보고 투자하는 것뿐이야. 다른 방식으로 투자금을 회수하려는 시도가 있을 순 있겠지만 위약금을 내라고 하진 않을 테니 걱정하지 마."

"그래도…… 믿어주신 분께 실망을 드리고 싶지 않아요."

성과를 내지 못했을 때 위약금을 내지 않아도 되는 건 마레온 자작과의 계약도 마찬가지였다. 하지만 성적이 마음에 차지 않을 경우 그들 쪽에서 후원을 중단할 권리도 얼마든지 있었다. 지금이야 가능성을 보고 투자하겠지만, 기대한 시간이 지나도 결국 제자리걸음이라면 마냥 두고 보지는 않을 터였다. 그때 또 이런 과정을 겪는다면 견디지 못할 것 같았다. 당장 아카데미를 졸업할 수 없다는 문제는 둘째치고, 자신이 쓸모없는 사람이 된 것 같은 절망감은 떠올리는 것만으로도 두려웠다. 다시금 급격히 우울해진 스텔라는 입술을 깨물었다. 그 모습을 지켜보던 알리사가 한숨을 내쉬며 고개를 끄덕였다.

"알았어, 도와줄게. 안 그래도 도와주고 싶어 했어."

"……선배님이요?"

"아니, 재가."

그렇게 말하며 알리사가 가리킨 건 자칭 성검이라고 주장한 말하는 검이었다. 어리둥절해하는 스텔라에게 알리사가 어깨를 으쓱였다.

"재가 실은 이그니스의 화신 같은 거거든."

"이, 이그니스요?"

"그래, 불의 상급 정령 말이야. 불의 정령에 대한 건 나보다 재가 더 잘 알아. 네 얘기를 듣더니 굉장히 관심을 보이더라구."

—후후후, 이제 아시겠나요? 내가 얼마나 대단한 존재인지.

그러자 벽에 걸린 검으로부터 다시금 말소리가 들려왔다. 추켜세워진 덕분인지 한껏 우쭐한 목소리였다.

—이봐요, 목소리만 들리는 소녀분? 특별히 허락해드리죠. 날 만져도 좋아요.

"네?"

"괜찮으니 만져 봐."

생각지 못한 제안이 당황스러운데 알리사마저 권하니 거절할 수가 없었다. 스텔라는 잠시 주저한 끝에 조심스럽게 검날에 손을 가져다 댔다. 순간 뜨거운 기운이 몸을 감싸는 듯한 느낌이 들었다. 깜짝 놀란 스텔라는 얼른 손을 떼어냈다. 그와 동시에 검이 부르르 몸을 떨더니 음침한 웃음을 흘리기 시작했다.

—후후후, 후후후후.

"서, 선배님?"

"괜찮아. 재가 좀 변태라서 그래."

스텔라가 겁먹고 돌아보자 알리사가 시큰둥하게 달랬다. 이미 한두 번 겪는 일이 아닌지 얼굴에 귀찮음이 역력했다.

—변태는 누가 변태예요?

투덜거린 검 역시 이런 대우에 익숙한 듯 별로 신경 쓰지 않는 것 같았다. 이어지는 목소리는 한껏 나른했다.

—아아, 아무튼 역시 이거야. 이 뜨겁고 화려한 정열의 기운! 아직 티끌처럼 미약하긴 하지만 그래도 오랜만에 느끼니 너무 좋군요. 역시 정령이라면 우리 불의 정령이 최고죠. 저 칙칙하고 음습한 땅의 기운에 시달리다가 오랜만에 산뜻한 기운을 받은 덕에 행복해졌어요.

"아, 그래? 트로웰 님이 그 말을 들으면 참 기뻐하겠네."

—……그분께 한마디만 해봐요. 용서하지 않을 거예요.

"글쎄, 이런 상황에선 다른 말이 더 효과적이지 않을까?"

—잘못했어요. 아깐 내가 잠시 미쳤나 봐요. 요 입이 대체 무슨 말을 한 건지 모르겠네요. 땅의 정령이 얼마나 멋진지 누구보다 제가 잘 알죠! 아무렴요! 하하하!

주책맞은 검이구나. 스텔라는 조용히 검에 대한 평가를 수정했다. 알리사가 왜 안전하다고 한 건지 알 것 같았다. 성검인지는 여전히 모르겠지만 마검이 아닌 것만은 확실했다. 저렇게 푼수 같은 검이 마검일 리가 없었다.

—아무튼 소녀분, 당신은 생각보다 자질이 좋아요. 내가 가르치는 대로 잘 따라오기만 하면 최대 삼 년 안에 반드시 정령과 계약할 수 있을 거예요.

이어진 말에 스텔라는 숨을 삼켰다. 최대 삼 년이라니, 자신이 생각하는 것보다도 더 빠른 기간이었다. 거기에 반드시라는 전제까지 붙었다. 흥분해서 돌아보는 얼굴에 알리사가 부드러운 미소를 보냈다.

"이제 좀 행복해졌어?"

스텔라는 아주 빠르게 고개를 끄덕였다.

다른 세계로 향하는 문을 연 것 같았다. 그 밖은 지금까지보다 더 흥미로운 삶으로 가득할 게 분명했다.

2.

커튼 사이로 빛이 들었다. 창밖에서 새들이 지저귀는 소리가 울리고 있었다. 알리사는 억지로 눈을 떴다. 오늘은 몸이 몹시 무거웠다. 온종일 아무 생각 없이 잠만 자고 싶은 날이었다. 물론 오전부터 꽉 짜인 일정은 그렇게 하도록 내버려 두지 않았다.

—그만 일어나요! 오늘은 오전 일정이 있다고 했잖아요! 이러다 지각하겠어요!

시끄럽게 울려 퍼지는 소리를 듣고서야 알리사는 간신히 몸을 일으켰다. 깨워주는 건 고맙지만 원수가 따로 없다는 투덜거림도 잊지 않았다. 그래도 막상 일어나니 움직일 만한 것 같았다.

알리사는 씻은 후에 간단히 치장했다. 교복을 입고 옷깃에 졸업 학년을 뜻하는 검은색 뱃지를 다는 걸 마지막으로 모든 준비가 끝났다. 그런데 문을 나서려는 알리사를 향해 다시금 파이어 버스터가 꽥꽥거렸다.

—잠깐 기다려요! 저거 잊었잖아요!

"응? 저거?"

—벌써 치매예요? 협탁 위에 놓인 거 말이에요! 네가 어제 준비해 두고서도 기억이 안 나요?

"아!"

알리사는 서둘러 침대 옆에 있는 협탁을 바라보았다. 그 위엔 검은색 리본이 놓여 있었다. 파이어 버스터의 말대로, 어젯밤에 자신이 직접 준비해 둔 것이었다.

"……또 이날이 왔네."

알리사는 씁쓸하게 웃으며 리본을 만지작거렸다. 잊지 않기 위해 시작한 일이지만, 매번 이날이 오면 가슴이 아파지는 건 어쩔 수 없었다.

리본을 머리에 단 후, 알리사는 커튼을 치고 창문을 열었다. 여름에 막 접어든 계절, 따스한 바람이 방 안으로 한껏 밀려들었다.

육 년 전 오늘은 라피스가 죽은 날이었다.

"헉, 그렇군요. 추모의 리본이었구나."

음료를 마시던 스텔라가 급히 목소리를 낮췄다. 흔들리는 눈동자에 당황한 기색이 역력했다. 알리사는 멋쩍은 기분으로 어깨를 으쓱였다. 어쩌다 우연히 알아본 재능을 계기로 인연을 만들게 된 후배 스텔라는 아카데미의 정보통이었다. 가만히 있어도 알아서 물어다 주는 소식들 덕분에 알리사는 그간 몰랐던 일들을 많이 알게 됐다. 지금까지 의식하지 못했는데, 일 년에 한 번 검은 리본을 다는 것이 사람들 사이에서 꽤 화제인 모양이었다. 이유를 궁금해하기에 의미를 말해 주었을 뿐인데 스텔라는 금방 후회하는 표정을 지었다.

"정말 죄송해요. 그런 의미였는 줄은 전혀 몰랐어요. 제가 너무 무례한 질문을 드렸네요."

"아냐, 궁금하면 물어볼 수도 있는 거지. 난 사람들이 그런 걸 궁금해하는 줄도 몰랐어."

대수롭지 않게 대답하니 스텔라가 조심스럽게 눈치를 살폈다. 또 뭔가 궁금해진 게 분명해서 알리사는 웃고 말았다.

"괜찮으니까 그냥 편하게 말해."

"저어, 매년 잊지 않고 추모하시는 거잖아요. 돌아가신 분이 굉장히 소중한 분이셨나 봐요."

"음, 여러 가지 의미로 잊을 수 없는 분이지. 많은 사람을 지키다 목숨을 잃은 거라 잊어서도 안 되는 분이고."

"그렇군요. 많은 사람을 지키다 돌아가셨다니, 정말 좋은 분이셨네요."

좋은가 나쁜가의 기준으로 보면 라피스는 분명 좋은 사람 쪽일 것이다. 그의 성격이나 태도가 어떠했던가는 논외로 치고 결과만을 두고 보자면 그로 인해 목숨을 구한 사람이 셀 수도 없으니까. 그런데 왠지 그런 말을 들으니 웃음이 나왔다. 이 얘길 들었을 때 보일 누군가의 표정이 연상되었기 때문이었다. 평소엔 한없이 너그러우면서도, 라피스에 관해선 한없이 냉정해지던 그리운 얼굴이.

'엘 님은 분명 얼굴을 찡그리겠지.'

하지만 그건 라피스를 싫어해서가 아니었다. 오히려 누구보다 그를 가장 좋아하는 사람이었을 것이다. 그렇기에 일신의 모든 위험을 무릅쓰고 그를 찾으러 먼 길을 떠난 것이리라.

"라피스는 여행을 떠났어. 다시는 우리에게 돌아올 수 없는 아주 먼 여행을."

그렇게 말하며 서글프게 웃던 얼굴이 지금도 눈앞에 선연했다.

모든 사건이 다 마무리된 후, 모두의 안위를 물었을 때 엘로부터 들었던 대답이었다. 직설적인 표현은 아니었으나 직감적으로 그가 죽었다는 사실을 깨달았다.

그땐 정말 말로 표현할 수 없는 복잡한 감정이었다. 너무 놀라서 의당 건네야 할 위로의 말조차 제대로 잇지 못했다. 있을 수 없는 일이 일어나버린 기분이었다. 어린 알리사의 눈에 라피스는 정령왕만큼이나 강하고 위대한 존재였다. 아니, 실제로도 그러했을 것이다. 그런 그가 죽었다니, 믿을 수가 없었다. 그렇게 친한 것도 아니었는데 상실감에 가슴 한구석이 텅 비어버린 것 같았다. 누워도 잠이 오지 않아 몇 날 며칠 뜬눈으로 밤을 지새우기도 했다.

그랬던 일도 지금은 과거의 일이 되었다. 고작 육 년 전일 뿐인데 그들과 어울렸던 시절이 벌써 머나먼 이야기인 것 같았다. 그 격동의 시절에 비해 아카데미 일상이 너무 평화로운 탓도 있는 것 같았다.

"아참, 선배님. 그 얘기 들으셨어요? 라온휘젠 폐하가 이번에 카마인 공작가에 근신을 명하셨대요."

알리사의 표정이 아련해지자 우울한 생각을 떠올린다 여겼는지 스텔라가 곧장 화제를 전환했다. 의도가 뻔히 보이는 시도였지만 알리사는 웃으며 넘어가 주었다. 마침 호기심을 유발하는 내용이기도 했다.

"갑자기 왜 근신을 내렸대? 카마인 공작가는 대표적인 친황파 가문이잖아?"

"그게 말이죠, 진짜 엄청난 이유예요. 카마인 영애가 폐하의 침실에 숨어들었다나 봐요."

"헉?"

하마터면 마시던 차를 그대로 뱉을 뻔했다. 알리사가 황당해하는 표정을 숨기지 못하자 스텔라도 이해한다는 듯 고개를 끄덕였다.

"정말 굉장하죠? 황궁 보안 문제까지 겹쳐서 황실이 발칵 뒤집혔나 보더라구요. 주동자를 색출하는 중인데 관여한 사람이 셀 수도 없대요. 하긴 그러지 않고서야 그 영애가 어떻게 폐하의 침실까지 무사히 침투했겠어요."

"진짜 엄청나네……."

"그렇다니까요. 황제 폐하께서 아직도 비가 없으시잖아요. 귀족 영애들이 황후 자리를 노리느라 혈안이라고 들었는데, 드디어 사고를 친 거죠."

알리사는 쯧쯧 혀를 찼다. 황제가 성혼을 일부러 미루고 있는 건 누가 봐도 분명한 사실이었다. 벌써 여러 차례 못 박아 공표하기도 했고, 상소도 대놓고 무시하고 있다고 들었다. 황실에 이렇다 할 어른도 없는 데다가, 압력을 행사할 가문이 있는 것도 아니라 다들 황제를 설득하지 못해 곤란해한다는 건 놀라운 사실도 아니었다. 하지만 그토록 단호한 태도를 보이는 사람에게 일단 들이밀면 될 거라 여기다니, 다들 이성을 잃다 못해 집단 광기에 빠진 게 분명했다. 그 행동력만큼은 박수를 쳐주고 싶었다.

"이렇게 되니 정말 궁금해지네요. 폐하는 대체 왜 성혼을 안 하시려는 걸까요?"

"그, 글쎄."

그야 그가 아직도 반려성을 포기하지 않았기 때문이었다. 이유야 누구보다 잘 알았지만 알리사는 짐짓 모르는 척을 했다.

"그 소문이 사실일까요?"

"으응? 무슨 소문?"

"스왈트 제국 이사나 황제 말이에요. 그 황제 폐하도 아직 성혼을 안 했잖아요."

"……그게 왜?"

이사나 얘기가 나오자 몸이 저절로 긴장되었다. 그동안 아무런 내색도 하지 않았지만 아카데미처럼 다양한 분야를 배우는 곳에서 공부하다 보면 저절로 알게 되는 것들이 있다. 이를테면 하나의 반려성에 두 개의 제왕의 별이 태어날 때도 있다든가, 지금이 바로 그러한 시기라든가, 같은 것들 말이다. 거기까지 알고 나니 나머지는 자연히 깨달을 수밖에 없었다. 이사나가 다른 한 쪽의 제왕의 별이라는 것을.

어릴 때는 뻔히 눈앞에서 관련 대화를 듣고도 이해하지 못했다. 하지만 지금은 아무것도 모르는 채로 만났어도 알아차릴 것 같았다. 서로 같은 나이, 동등한 직분. 선대가 비극적으로 삶을 마감한 것도, 유일한 적통으로 제위에 오른 점도 비슷했다. 두 황제는 누가 봐도 쌍둥이처럼 닮은 궤도를 타고 있었다. 이쯤 되면 오히려 몰라보는 게 더 어려울 정도였다. 생각해 보면 트로웰도 이사나와 알리사 사이에 각별한 인연이 있다고 언급하기도 했었다. 당시엔 그냥 놀리려고 한 말인 줄 알았는데 그게 이제 보니 반려성과 제왕의 별을 뜻하는 거였다.

'그러고 보니 그때 그 말을 전해 준 사람이 바로 라피스 님이었지.'

알리사는 자신도 모르게 머리에 단 검은 리본을 만지작거렸다. 이제부터가 중요한 순간이었다. 반려성 얘기가 나오면 어떻게 반응해야 할지, 취해야 할 태도를 머릿속으로 빠르게 연상해 보았다. 조금이라도 멈칫하면 수상하게 여겨질 테니 최대한 태연하게 행동해야 했다. 그런데 이어진 말은 전혀 생각지 못한 내용이었다.

"라온휘젠 폐하가, 이사나 황제를 좋아한다고 하더라구요."

"……뭐?"

이건 또 무슨 소린가 싶어 알리사는 눈을 크게 떴다. 긴장하고 있던 어깨가 무색하리만치, 거하게 뒤통수를 얻어맞은 기분이었다.

"왜 이야기가 그렇게 돼?"

"모르셨어요? 라온휘젠 폐하가 원하는 때에 비를 맞을 거라고 선포하신 거 말이에요. 알고 보니 바로 얼마 전에 이사나 황제가 먼저 그렇게 공표했다고 하더라구요."

"그런데?"

"그런데라뇨, 선배님! 바로 그게 중요한 거죠! 우리 폐하가 이사나 황제를 의식하고 있다는 뜻이잖아요!"

"어, 그거야 그렇긴 한데……."

"역시! 선배님이 보기에도 그렇죠? 우리 폐하가 태자 시절부터 그렇게 이사나 황제에 대해 알아보고 다니셨대요. 평소에 스왈트 황실에 편지도 엄청 보내신다고 하더라구요. 답신을 받으면 그날은 온종일 얼굴이 붉다나요? 그게 좋아하는 감정이 아니면 뭐겠어요?"

"……음, 그렇구나."

"네, 뭔가 낭만적이지 않아요?"

과연 낭만일까. 그 보냈다는 편지 대부분은 아셀을 내놓으라는 독촉과 협박 편지일 테고, 얼굴이 붉은 건 거절 답신을 받아서 분통이 터졌기 때문이었다. 하지만 알리사는 진실을 말해 주는 대신 입을 다무는 쪽을 택했다. 그걸 어떻게 다 아는 건지 설명하는 게 곤란하기도 했고, 괜히 끼어들기 귀찮았다. 이럴 땐 그냥 순진한 소녀의 망상을 지켜주는 게 더 나을 것 같았다.

'하지만 두 사람을 엮을 줄은 상상도 하지 못했네.'

요즘 못 먹는 감끼리 엮어보려는 게 유행이라는 말은 들었지만, 설마 황제도 그 대상이 될 줄이야. 과연 소녀들의 상상력은 현실을 가볍게 초월했다. 알리사는 비워진 찻잔에 다시 찻물을 채우며 속으로 혀를 내둘렀다. 당사자들이 이 사실을 알면 어떤 반응을 보일지 무척이나 궁금해지는 순간이었다.

*　　*　　*

—음, 그런 소문이 돌고 있구나. 별일이 다 있네.

들려온 목소리는 평소와 다를 바 없이 차분했다. 생각보다 담담하기만 한 반응에 김이 빠진 알리사는 입술을 삐죽였다.

"좀 더 당황해야 하는 거 아니야?"

—전혀 사실이 아닌걸. 당황할 게 없지.

"라젠 폐하는 뒷목을 잡았는데?"

"절대 아니다!"

단호하게 정색하던 목소리가 아직도 귓가를 울리는 듯했다. 소문을 어디까지 파악하고 있는지 궁금해서 물어본 말에 라온휘젠이 곧바로 드러낸 반응이었다.

—그 사람은 언제 만났어?

"오늘 오후에. 또 불쑥 찾아왔더라구."

—그렇구나.

오늘 온종일 흥분해서 떠들던 스텔라가 이 사실을 알면 기절할 만큼 놀라겠지만, 라온휘젠 황제가 알리사를 만나러 오는 건 비단 어제오늘 일만이 아니었다. 그는 정무로 바쁜 중에도 틈틈이 알리사를 만나러 오곤 했다. 그때마다 마을 축제를 구경 가자는 둥, 맛있는 디저트 가게에 가자는 둥 매력적인 제안을 하며 친목 시간을 가졌다. 처음엔 부담스럽게 여겼지만 그것도 벌써 몇 년째 되니 이제 익숙한 일과가 되었다. 공간이동 마법이란 참 편리한 능력이었다.

오늘 라온휘젠의 방문 목적은 최근 떠도는 소문—공작 영애가 침실에 들어왔다는 것—을 해명하기 위한 것이었다. 비통한 얼굴로 맹세코 아무런 일도 없었다고 강조하던 그는 이사나와 그의 소문이 돈다는 사실을 알고선 더 크게 경악했다. 얼마나 길길이 날뛰던지 소문을 전한 게 미안해질 정도였다. 그런데 상대적으로 아무렇지 않은 목소리를 들으니 그건 또 그것대로 라온휘젠에게 미안한 기분이 들었다. 상대는 아무런 관심도 없는데 혼자 열을 내는 걸 알아버린 기분이랄까.

—그와 나는 성격이 다르잖아.

물론 그야 그렇지. 그래도 이럴 땐 좀 당황하는 맛이 있어야 하는 거 아닌가. 하긴 바랄 사람에게 바라야 하는 건지도 몰랐다. 이제 와 새삼 기대하기엔 그를 한두 해 경험한 게 아니었다. 알리사는 체념의 한숨을 내쉬면서도 불만스럽게 중얼거렸다.

"이사나 씨는 너무 재미없어."

—저런, 그러면 안 되는데.

곤란하다는 듯한 대답과는 달리 그—이사나의 말투엔 웃음기가 섞여 있었다. 누가 봐도 정말 난처해하는 태도는 아니라 알리사는 다시금 입술을 삐죽였다. 이런 중에도 웃음소리가 좋다고 느껴지니, 스스로 중증이라고도 생각했다.

슬쩍 내려다본 회중시계는 밤 열 시를 넘어서고 있었다. 아무도 모르는 둘만의 비밀이지만, 매일 밤 이 시간은 알리사와 이사나가 대화하기로 정한 시간이었다. 알리사에겐 하루의 고단함을 치유하는 시간이기도 했다.

'정말이지, 이게 없었다면 어땠을까 몰라.'

알리사는 손안에서 반짝이는 검은 돌을 슬쩍 매만졌다. 편리한 건 공간이동 능력만이 아니었다. 지금 눈앞에 있는 이 물건도 무척이나 편리한 것 중 하나였다. 아니, 기능만으로 치면 오히려 이게 더 대단한 건지도 몰랐다. 무려 대륙 너머에 있는 사람과도 대화할 수 있게 해주는 특별한 통신석이었으니까.

마법 문화가 발달한 카터스 제국에서 통신석이란 그리 생소한 물건은 아니었다. 하지만 인간의 기술로 만들어내는 건 아직 하루 이틀 거리가 한계였다. 그것도 상당한 마력을 퍼부어야 가능했다. 모르긴 몰라도, 아마 이 돌의 존재가 아카데미에 알려진다면 마법학부의 모든 교수가 눈에 불을 켜고 달려들 게 분명했다.

어쨌든 덕분에 멀리 있는 이사나와 꾸준히 연락을 이어 나갈 수 있어 알리사는 정말 다행이라고 생각했다. 만약 이 시간이 없었다면 아카데미 생활이 훨씬 고단했을 것이다. 하지만 이걸 얻게 된 과정은 그리 달갑지만은 않았다.

"선물이야."

그날은 엘을 마지막으로 봤던 날이기도 했다. 문득 그때의 일이 떠올라 알리사는 씁쓸한 한숨을 삼켰다.

알리사가 아카데미를 다니기로 결심을 굳힌 무렵은 스왈트 제국이 안정화에 한창 힘 쓰던 시기였다. 일행이 모두 바쁜 까닭에 무료했던 엘은 종종 알리사를 만나러 오곤 했다. 그가 올 때면 알리사도 핑계 삼아 공부를 쉬고 놀러 다닐 수 있어 좋았다. 어쩔 땐 트로웰과 함께 오기도 했기 때문에 그가 오기만을 손꼽아 기다릴 정도였다.

그런데 그날은 분위기가 평소와 달랐다. 주로 들르는 시간대도 아니었거니와 표정도 왠지 굳어 있었다. 의아해하는 알리사에게 엘은 당분간 보지 못할 거라며 작별 인사를 건넸다. 라피스의 영혼이 행방불명되어 찾으러 간다고 했다. "마지막으로 잠깐 들른 거야." 부드럽게 말하는 얼굴이 왜 이렇게 불안해 보였을까. 왠지 가지 못하게 붙잡아야 할 것 같았다. 하지만 엘은 미안해하면서도 끝내 뜻을 꺾지 않았다.

"그동안 라피스가 날 많이 도와준 거 알잖아. 이번엔 내가 라피스를 도울 차례야."

그렇게 말하는데 차마 끝까지 붙잡을 순 없었다. 침울해진 알리사에게 엘이 선물이라면서 무언가를 내밀었다. 검은 돌을 반으로 잘라 놓은 듯한 물건이었다.

"이건……."

"반려석이라고 불리는 통신구야. 원래 마법사의 마력에만 반응하는 건데, 디아곤에게 부탁해서 개조해 봤어. 이제 정령사의 마나에도 반응해."

"나 이거 뭔지 알아. 라피스 님과 엘 님이 하나씩 나눠 가진 거였잖아."

"맞아, 알아보는구나. 진작 주려고 했는데 시기가 공교롭게 되었네. 나머지 한쪽은 이사나에게 있어. 이것만 있으면 언제든 이사나와 연락할 수 있을 거야."

"이걸 우리한테 줘도 돼?"

"이제 라피스가 없으니까."

그 말이 왜 그렇게 아팠는지, 알리사는 자기도 모르게 왈칵 눈물을 쏟고 말았다. "미안해. 내가 너무 조심성 없이 답했네." 엘이 그런 알리사를 얼른 끌어안고 달랬다.

"언제 돌아와?"

"나도 그건 잘 모르겠어. 가봐야 알 것 같거든. 그래도 최대한 빨리 올게."

"기다릴게, 엘 님. 너무 보고 싶을 거야."

"그래, 나도."

고작 몇 마디 말만 주고받았을 뿐인 단출한 이별이었다. 지나고 나니 송별회 정도는 해야 하지 않았나 싶었지만 고개를 저었다. 영원히 헤어지는 게 아니니까, 다시 돌아올 사람이니 송별회 같은 건 하지 않는 게 더 나았다.

그렇게 그가 떠난 지도 어느덧 육 년이 되었다. 어렸던 소녀는 그사이에 어엿한 여인으로 성장했다. 당시 막 들어왔던 아카데미도 이제 졸업을 앞둔 상태였다.

"있잖아, 이사나씨. 엘 님은 언제 돌아올까? 벌써 육 년이나 됐잖아."

—벌써 육 년이니까, 이제 곧 돌아오지 않을까?

"그런가?"

—응, 그럼. 그나저나 엘이 돌아오면 알리사를 못 알아보는 거 아냐?

"그건 이사나 씨야말로 들어야 하는 말인데? 그동안 나 한 번도 본 적 없잖아."

—하하, 그건 그래.

선뜻 긍정하는 대답에 알리사의 얼굴이 다시 불퉁해졌다. 찔리라고 한 말인데 전혀 아무렇지 않은 것 같아서 오히려 본인이 더 속상해졌다. 돌이켜 생각해 보니 좀 서운하기도 했다. 시벨리우스도 아셀도, 심지어 트로웰까지 가끔은 만나러 왔다. 그사이 한 번도 보러 오지 않은 건 이사나뿐이었다. 아무리 황제가 쉽게 자리를 비울 수 있는 처지는 아니라지만 이래도 되는 건가 싶었다. 물론 자신 쪽에서 찾아가지 않은 건 굳이 떠올리지 않았다. 원래 자신에게 불리한 부분은 모르는 척하게 되는 법이지 않은가.

설마 내가 모르는 사이에 비를 들이거나 한 건 아니겠지? 들리는 소문으론 아직까지 성혼하지 않은 상태긴 했다. 그러나 사람 일은 모르는 법이었다. 한 제국 안에서 일어나는 일도 소문이 퍼지는 속도가 생각보다 느린데, 바다 건너 다른 제국의 일이 그렇게 빨리 알려지진 않았다. 라온휘젠은 침대에 쳐들어왔다는 여인까지 생겼는데, 이사나도 더하면 더하지 덜하지는 않을 것이다. 덕분에 심술이 난 알리사는 이어진 말에도 성의 없이 대꾸했다.

—졸업 일정은 예정대로인 거지? 언제 돌아올 거야?

"글쎄~ 잘 모르겠어. 몇 년 정도는 여기서 일해보는 것도 나쁘진 않을 것 같고."

—그래? 관심 가는 분야가 있어?

"……그냥 아직 이것저것 생각만 해보는 중이야."

—그렇구나.

그렇구나 라니! 이럴 땐 서운해하고 초조해야지! 바로 돌아와야 한다고 닦달을 해야지!

차마 쏟아내지 못하는 말이 목구멍까지 치솟아 올랐다. 혈압이 오르는 기분에 알리사는 가만히 뒷목을 잡았다. 그의 담담한 반응을 처음 겪어보는 것도 아닌데 늘 한결같으니 슬슬 불안해졌다. 이사나가 자신을 특별하게 여긴다는 건 알고 있었다. 하지만 알리사가 보기에 그건 고난의 시절을 함께했기에 갖는 일종의 전우애 같은 거였다. 어린 소녀를 고향에서 데리고 나왔다는 책임감도 있었을 것이다. 처음 만났을 때 두 사람은 다 어렸고, 그 시절 이사나는 누구라도 곁에 있는 이를 특별히 여겼을 사람이었다. 그게 설령 알리사가 아니더라도.

이사나가 유일하게 챙기는 이성. 지금까진 그 자리를 고수하고 있는 것만으로도 괜찮았다. 연애에 흥미가 없는 건지 특별히 누군가에게 남다른 관심을 보이지도 않았으니까. 하지만 주변에서 가만히 두지 않을 거라는 수는 미처 생각지 못했다.

자기 눈에만 잘생긴 거면 좋을 텐데 이사나는 남이 보기에도 준수한 얼굴이었다. 심지어 시벨리우스 말에 의하면 이십 대가 된 후로 분위기가 깊어지면서 더 잘생겨졌다고 했다. 능력 있고 근사한 남자가 신분까지 황제다. 접근하는 이들이 셀 수도 없을 많을 게 뻔했다. 작정하고 유혹하는 사람도 있을 텐데 그중에서 그가 반할 만큼 매력적인 이가 단 한 명도 없을 수가 있을까? 초조해진 알리사는 자기도 모르게 입을 열었다.

"이사나 씨."

—응?

"보고 싶어."

용기를 낸 말에 돌아오는 건 침묵뿐이었다. 혹시 전해지지 않은 건가 싶어 알리사가 툭툭 반려석을 두드렸다.

"이사나 씨. 이사나 씨? 들려?"

—응, 알리사.

다행히 곧이어 목소리가 들려왔다. 고장 난 건 아니구나, 무심코 안도의 한숨을 내쉴 때였다.

—나도 보고 싶어.

순간의 방심이 허락한 일격은 매우 타격이 컸다. 알리사는 조용히 무너졌다. 이사나가 부르는 소리가 들렸지만 대답할 정신도 없었다. 저 한마디가 뭐라고 설레다니, 이래서 먼저 반한 사람이 진다고 하는 건가 보다. 너무 억울한데 벗어날 방법을 찾을 수가 없었다. 마치 침몰하는 배에 올라탄 기분이었다. 앞으로도 자신이 이사나를 이기는 날은 영원히 오지 않을 것 같았다.

3.

다음날은 아침부터 교정 안이 부산스러웠다. 학년 중간시험이 끝난 기념으로 일주일간 축제가 열리는 탓이었다. 외부인의 방문도 허가되는 몇 안 되는 기간이다 보니 모두가 들떠 있었다. 실제로 벌써 외부인으로 보이는 이들이 돌아다니는 게 눈에 띄었다.

"선배님, 오늘 피곤해 보이세요. 혹시 어디 아프세요?"

오늘도 공용 휴게실에서 오전 티타임을 함께 가진 스텔라가 평소보다 눈꺼풀이 퀭한 알리사를 보고 고개를 갸웃거렸다.

"별거 아냐. 잠을 제대로 못 잤거든."

"헉, 왜요? 무슨 일 있으세요?"

"아니, 그냥. 그럴 일이 있었어."

어제의 대화는 결국 그런 식으로 흐지부지하게 마무리되었다. 다시 생각해도 뭔가 억울한 기분에 알리사는 마시던 차를 내려놓았다.

"스텔라, 정말 보고 싶으면 보통 만나러 가지 않아?"

"네, 그렇죠."

"보고 싶다면서 한 번도 찾아오지 않는 건 무슨 의미일까?"

"그냥 예의상 한 말이 아닐까요?"

"역시 그렇지?"

"당연하죠. 혹시 누가 말로만 보고 싶다고 그래요? 이게 설마 연애 쪽 상담은 아니죠?"

"……연애 쪽 상담이면?"

"헉, 안 돼요, 선배님! 그런 사람은 보통 바람둥이라고요!"

"바, 바람둥이?"

"네, 바람둥이요! 그런 사람들 특징이 감언이설로 상대를 유혹해놓고 실제 자기 마음은 절대 안 내어준다는 거죠. 아카데미에도 그런 부류의 인종들이 얼마나 많은데요. 거기 넘어가서 우는 애들 정말 많이 봤어요. 절대 흔들리시면 안 돼요."

"어, 아니, 그치만 너무 바빠서 못 오는 거긴 하거든."

"무슨 순진하신 말씀을! 사람이란 동물은 말이죠, 사랑에 빠지면 아무리 바빠도 상대에게 쓸 시간을 어떻게든 마련하게 되어 있어요. 바빠서 못 온다는 거야말로 바람둥이들이 하는 전형적인 핑계라고요!"

"아, 아냐. 그 사람은 정말 바빠. 일이 엄청 많아서 잠자는 시간도 쪼개야 할 정도거든. 너무 멀리 살아서 여길 왕복하려면 마법 스크롤을 써도 한 달은 잡아야 하는데, 그렇게까지 시간을 낼 수가 없을 거야."

"흠, 그래요? 그런 거면 이해는 되네요."

"그렇다니까."

무심코 안도하던 알리사는 곧 한숨을 내쉬었다. 생각해 보니 먼저 불만을 토로해놓고 열심히 변론한 상황이었다. 스텔라가 자신을 어떻게 볼지 낯이 뜨거웠다. 실제로 스텔라는 히죽거리고 있었다.

"……뭐야."

"아뇨, 히히. 대체 어느 분이시기에 우리 대단하신 선배님이 밤잠을 설치는지 궁금해서요."

"그런 거 아냐."

"아니시긴요. 아까 연애 상담이라고 하셨잖아요. 선배님이 좋아하는 분이 있다니 신기해요. 교제 신청마다 거절하셔서 그쪽엔 전혀 관심이 없으신 줄 알았어요. 멀리 사는 분이면 우리 아카데미 재학생은 아니시겠네요? 혹시 졸업생? 저도 아는 분인가요?"

"까분다."

"치, 선배님은 너무 비밀이 많아요."

다행히 스텔라는 선을 지키는 성격이었다. 입을 삐죽 내밀면서도 더는 집요하게 물고 늘어지지 않았다. 알리사는 안도의 한숨을 내쉬면서도 우울해졌다.

'이사나 씨, 바보.'

결국 이 모든 건 이사나 때문이었다. 어제 그런 말만 하지 않았어도 잠을 설치는 일은 없었을 거고, 그럼 이런 쓸데없는 과정을 거칠 필요도 없었을 것 아닌가. 사실 정황을 따지면 자신이 먼저 보고 싶다고 한 탓이었지만, 역시 그런 점은 무시하기로 한 알리사는 마음껏 그를 탓하기로 했다.

“그러고 보니 이번 축제가 끝나면 바로 방학이네요.”

“아, 그렇네.”

“선배님은 이번에도 별장으로 가시나요? 방학 때는 가족과 함께 별장으로 내려가 계신다고 하셨죠?”

“응, 뭐, 그렇지.”

사실은 시벨리우스가 건너와서 그와 함께 보내는 거지만, 알리사는 고개를 끄덕였다. 시벨리우스가 가족이나 다름없는 건 지극히 당연한 사실이고, 그가 만드는 텐트가 별장이나 마찬가지이긴 했으니 딱히 거짓말인 것도 아니었다. 그러고 보니 거의 도착할 때가 되었던가. 오랜만에 볼 생각에 기분이 들뜨는 걸 느끼며 알리사는 부드럽게 웃었다.

“넌 집으로 내려가니?”

“네, 부모님이 얼른 오라고 벌써 성화세요. 아, 혹시 네리아 영지에 들르실 일이 있다면 꼭 우리 집에 놀러 오세요. 선배님이라면 언제든 환영이니까요.”

“고마워, 그럴게.”

흐뭇한 마음에 알리사의 얼굴이 밝아졌다. 이것저것 캐묻는 이들이 귀찮아서 교우 관계는 외면하고 살았는데, 스텔라와 친해진 것만은 잘한 것 같았다. 그렇게 한동안 담소를 이어 나가고 있을 무렵이었다.

"아니, 이게 누구십니까. 그 얼굴 보기 귀하다는 알리사 님 아니십니까?"

비아냥거리는 어조에 알리사와 스텔라의 얼굴이 동시에 찌푸려졌다. 돌아본 곳엔 남녀로 구성된 무리가 있었다. 같은 교복 차림인데도 그들은 휘황찬란한 느낌을 풍겼다. 아마도 한껏 꾸며진 머리 모양이라든가 여기저기 장식한 화려한 장신구, 멀리서도 진동하는 진한 향수 냄새 때문일 터였다.

알리사는 그들이 누군지 잘 알고 있었다. '백장미 친목회'라는 이름을 지닌, 교내 사교 모임에 소속된 학생들이었다. 아카데미 안에선 누구든 일정 숫자를 모으면 동아리를 만들 수 있었다. 그중에서 백장미 친목회는 귀족만 가입할 수 있다는 조건으로 만들어진 동아리였다. 처음 들었을 때부터 웃기는 이름이라고 생각했는데, 의외로 동경하는 이들이 많다고 들어서 당황스러웠다. 신분 제한을 둔 가입 조건에 불만을 가질 만도 한데, 오히려 그 조건이 들어가지 못하는 이들의 갈망을 부추기는 모양이었다.

"섭섭하네요. 그간 우리가 티타임을 청할 땐 거절하기만 하더니, 저 아이하고는 스스럼없이 잘 어울리는군요."

"그러게 귀족이 아니라고 했잖습니까. 같은 평민 출신이라 마음이 잘 맞는 거겠죠."

"세상에, 전 그런 줄도 모르고 가입 권유까지 했었지 뭡니까. 귀족이란 소문이 돌아도 얌체처럼 입 다물고 있기에 정말 귀족인 줄 알았잖아요."

"뭐, 대단한 정령사이시니 훗날 작위 정도야 받을 수 있겠죠. 그 점을 노리고 미리 즐기는 것 아니겠어요?"

"뻔뻔해라. 그래도 타고난 출신이 어디 가나요."

'또 시작이네.'

마주칠 때마다 겪는 일이다 보니 알리사는 한숨부터 흘렸다. 원래 백장미 친목회와 알리사는 서로 데면데면한 관계였다. 이렇게 뻔한 시비를 거는 일도 없었을뿐더러, 오히려 호의적이라면 호의적인 편이었다. 그런데 얼마 전부터 그들 쪽에서 일방적으로 적대감을 표출하기 시작했다. 이유는 아주 단순했다. 이 동아리 소속의 남학생이 모두가 보는 앞에서 알리사에게 고백했다가 차였기 때문이었다.

알리사의 입장에선 평소 별다른 교류도 없던 남자의 무례한 교제 신청을 거절한 것뿐이었지만, 백장미 친목회 회원들은 그렇게 생각하지 않는 것 같았다. 출신도 불분명한 여자가 감히 귀족을 거절한 것에 모욕을 느낀 것이다. 차인 남학생 쪽에서 그런 분위기를 주도하는 것도 있었다. 조금 전 알리사에게 가장 먼저 말을 건 것도 바로 그 남학생이었다.

'하셀리안 칼립 마켈란.'

기억을 더듬어 본 끝에 알리사는 간신히 그의 이름을 떠올렸다. 정치외교학부 학생으로, 알폰프 제국에서 온 유학생이었다. 알폰프 제국의 귀족 계급은 총 네 가지로 구분되는데, 황족인 시커 아래 칼립, 데바, 라문의 순으로 이어지는 구조였다. 같은 백작이라도 칼립인지 데바인지에 따라 서열이 갈렸다. 즉, 하셀리안이 꽤 고위 귀족이라는 소리였다.

예로부터 카터스와 알폰프 제국은 서로 사이가 좋지 않은 편이었지만, 고위 귀족이라면 얘기가 전혀 달랐다. 오히려 적대국의 강자라는 느낌 때문인지 더 신비롭게 여기는 분위기였다. 게다가 하셀리안은 생김새도 멀끔하니 호감을 사기 좋은 인상이었다. 덕분에 아카데미의 왕자님이라고 불리며, 귀족 모임을 대표하는 얼굴로 군림한 것 같았다. 그래 봤자 그렇게 끌어모은 인지도를 자신을 찬 상대를 향한 분풀이로나 활용하고 있었지만.

'한심하긴.'

새삼 잘 찼다고 생각하며 알리사는 자리를 털고 일어섰다. 말을 섞는 것조차 귀찮으니 그냥 피할 생각이었다. 특히 함께 있는 스텔라를 위해서라도 지금은 인내하는 게 맞았다. 아카데미 안이라 해도 신분제는 엄연히 존재한다. 귀족이랑 나쁘게 얽혀도 자신은 상관없지만, 스텔라에겐 하등 좋을 게 없었다.

"가자, 스텔라."

"네, 선배님."

고개를 끄덕인 스텔라가 얼른 따라 일어섰다. 그 얼굴에 가득한 긴장감을 보며 알리사는 최대한 빠르게 이 자리를 벗어나야겠다는 결심을 다시금 굳혔다.

"이런, 이렇게 가시려는 겁니까?"

그런데 하셀리안이 나가려는 두 사람 앞을 가로막았다. 얼굴을 찌푸리는 것에도 아랑곳하지 않는 태도에 알리사의 표정이 굳어졌다.

"제가 이번에 한 가지 흥미로운 소식을 들었지 뭡니까. 알리사 양도 꽤 관심을 가질 만한 내용인 것 같아서요."

"무슨 얘긴지 몰라도 전 그렇지 않을 것 같네요. 그럼 이만."

"아닙니다. 분명 흥미를 느끼실 겁니다. 실은 이번에 제 형님이 혼인을 하시거든요. 상대가 사스라 백작 가의 여식이라는데, 혹시 귀에 익지 않습니까?"

무시하고 지나치려던 알리사의 걸음이 우뚝 멈췄다. 사스라 백작. 당연히 누구보다 잘 알고 있었다. 자신을 세상에 태어나게 한 것 외에는 아무런 공헌도 없는, 생물학적인 부친이 바로 그런 이름이었으니까.

알리사는 굳은 얼굴로 돌아보았다. 자신이 건넨 말이 알리사에게 영향을 준 것에 하셀리안은 희열을 느끼는 것 같았다. 그의 얼굴에 비열한 웃음이 떠올랐다.

"형수 되실 분께 들으니 그 가문에 하녀의 몸에서 태어난 서녀가 하나 있었다더군요. 날 때부터 이상한 힘을 지녀서 저주받은 아이로 불렸다고요."

"……."

"워낙 하는 짓이 괴이해 영지민들도 다들 꺼렸는데, 평판도 세울 겸 일거리 하나를 맡겼더니 그게 싫었는지 우연히 마을에 들른 웬 용병들을 따라가 버렸답니다. 그 뒤로는 살았는지 죽었는지 소식을 알지 못하게 되었다네요."

그래, 그랬던 적이 있었지. 알리사는 주먹을 꾹 움켜쥐었다. 남에게서 듣는 제 이야기가 굉장히 낯설게 느껴졌다. 너무 오랜만에 상기한 기억이라 그런지도 몰랐다. 알리사가 침묵하는 동안 주변 사람들이 그의 말에 관심을 갖고 술렁거리기 시작했다.

"저주받은 아이라니 궁금하네요. 대체 어떤 힘이었기에 그랬을까요?"

"주변의 몬스터를 끌어들이는 힘이었답니다."

"헉, 몬스터요?"

"네, 또한 미래를 예언하기도 하고 기이하리만치 식물을 크게 자라게 하기도 했다더군요. 그 부분을 들었을 때 전 어쩌면 그녀가 땅의 정령사가 아니었을까 싶었습니다. 왜 땅의 정령사들도 간혹 미래를 보거나 식물을 잘 자라게 하는 힘이 있잖습니까."

"아, 그럴 수도 있겠네요. 그럼 몬스터를 끌어들인다는 건?"

"아마 오해겠죠. 시골 사람들은 특별한 이능을 보면 두려워하니까요."

"맞아요. 생각보다 곧잘 있는 일이죠. 촌부들이 뭘 알겠어요. 이래서 사람은 배워야 한다니까요."

"아까운 재능을 사장했네요. 용병을 따라갔다니 살아 있기나 하겠어요?"

수군거림이 들릴 때마다 알리사의 얼굴에 점점 더 짙은 그늘이 내려앉았다. 그 모습을 핥는 듯한 시선으로 주시하면서, 하셀리안이 다시금 큰 목소리로 떠벌렸다.

"모두 맞는 말씀들이십니다. 그 얘기를 들었을 때 저 역시 진심으로 안타까움을 금할 길이 없었습니다. 만약 그전에 제가 먼저 발견했다면 훨씬 좋은 진로를 열어주었을 테니까요. 그런데 이게 참 무슨 공교로운 우연이지, 그 서녀의 이름이 하필이면 제가 잘 아는 사람의 이름과 같지 뭡니까?"

"잘 아는 사람이라면?"

"본명은 아일리아스. 애칭은 알리사였다는 겁니다."

"헉!"

"그, 그게 정말입니까, 하셀리안?"

이 대화에 집중하고 있는 건 친목회 회원들만이 아니었다. 주변에 있던 모든 이의 시선이 알리사를 향했다. 그 가운데 하셀리안은 마치 극의 서막을 알리는 광대처럼 우아하게 팔을 들어 경의를 표하는 동작을 취했다.

"우연인지 모르겠지만 사실이라면 정말 다행이라고 생각합니다, 알리사 양. 힘든 과거를 이겨내고 이렇게 무사히 성장하다니. 사스라 백작가에서 지금의 알리사 양을 본다면 정말 자랑스러워할 겁니다."

알리사는 아무런 대답도 하지 않았다. 정확히는 입이 떨어지지 않았다. 결국 그대로 입을 다물어버리자 사람들은 알아서 긍정의 뜻으로 이해한 듯했다. 바라보는 눈동자에 경악과 거북함이 차올랐다.

"……그럼 알리사 양이 알폰프 제국 출신이었어요? 그것도 서녀?"

주변의 시선이 점차 온기를 잃기 시작했다. 알리사는 한 번도 자신의 신분을 밝힌 적이 없었지만, 사람들은 당연히 고위 귀족일 거라 으레 기대하고 있었다. 그런데 알고 보니 하녀에게서 난 서녀일 뿐만 아니라 집안의 천덕꾸러기였다는 걸 알게 되니 실망한 것이다. 심지어 저주받은 아이로 낙인 찍혀 가문을 버리고 달아나야 했던 삶이었다.

역설적이게도 인간은 존중받는 사람을 존중한다. 그 자체의 진가와는 상관없이 진귀한 대접을 받는 사람에겐 다른 이들도 진귀한 대접을 하는 반면, 미천한 취급을 받는 사람에겐 마찬가지로 같은 시선이 떨어졌다. 특히 귀족의 문화는 더욱 그랬다. 그 모든 게 오해로 인해 비롯된 비극이며, 오해한 쪽이 잘못한 거라는 당연한 사실은 그들에게 그리 중요하지 않았다. 그들이 주목하는 부분은 그 대단한 알리사가 알고 보니 비천한 출신에 비천한 취급을 당하던 사람이라는 과거, 그뿐이었다.

"가문에서 달아난 사람이 어떻게 아카데미까지 올 수 있었을까요? 운이 정말 좋았네요."

"그때 데려갔다는 용병들이 후원해준 걸까?"

"그거야 모르지. 일단 노예 시장에 넘겨졌다가 재능을 알아본 이에게 팔린 건지 누가 알아?"

"헉, 그럼 노예란 말이에요? 후원으로 들어온 평민보다도 못한 처지인 거잖아요?"

"그래서 지금까지 신상을 철저히 감춘 모양이에요. 아무리 능력으로만 선별하는 제도라지만, 이래서야 아카데미의 수준이……."

사방에서 수군거리는 소리가 울렸다. 빠르게 변하는 사람들의 표정에서 그들이 무슨 생각을 하는지가 훤히 읽혔다. 지금까진 순수하게 알리사를 능력만 두고 평가했다면, 앞으론 무시하거나 비웃는 여론이 많아질 것이다. 호의적이라고 해봤자 동정 여론일 게 뻔했다. 알리사는 가만히 하셀리안을 바라보았다. 이 모든 상황을 의도했을 그는 자신만만하게 웃고 있었다. 망신을 줬다고 여기는 것이 분명했다. 후, 가볍게 한숨을 내쉰 후 알리사는 자세를 똑바로 하고 그를 향해 미소 지었다. 설마 웃을 거라곤 생각지 못했는지 하셀리안이 허를 찔린 표정을 지었다.

"일단 집안의 경사를 축하드려요."

"네? 아아, 네. 고맙습니다."

"하지만 혼처를 제대로 정하신 건지는 잘 모르겠네요. 어린 자식을 제대로 보호하지도 못한 무능한 가문인데, 마켈란 가주님이 참 관대하신 분이신가 봐요."

"아아, 물론 알리사 양의 심정은 충분히 이해합니다. 억울하고 속상하셨겠지요. 하지만 부친을 너무 원망하지 마십시오. 사람인데 누구든 할 수 있는 실수이지 않겠습니까."

실수라, 단어 선택에서부터 의도했을 게 뻔한 가벼운 어감에 알리사는 속으로 조소했다. 그 부친이라는 자가 제 자식을 몬스터의 먹잇감으로 던져주려 했다는 걸 알아도 그런 말을 할 수 있을지 궁금했다. 어떻게든 숨을 끊어 놓고 싶어 하던 잔혹한 눈길들이 떠올랐다. 그 눈빛 어디에서도 실수 따위는 찾아볼 수 없었다. 하지만 이런 걸 입에 담아봐야 더욱 비참한 취급을 당하기나 할 터였다. 알리사는 이내 한숨을 내쉬었다.

"그래요, 그렇다고 하죠. 그런데 그 형수 되신다는 분은 제가 알기론 데바일 텐데, 칼립과 혼인하다니 놀랍네요. 지참금이 많이 필요할 텐데요."

"저야 그런 이야기는 잘 모릅니다만. 듣기로는 영지 하나를 받기로 했다고 합니다."

"영지요."

"소레타 라는 곳입니다. 사스라 백작님의 영지 중에서 가장 비옥토라 알려진 곳이죠. 과거 십 년 재앙 때도 곡창을 잃지 않은 축복받은 지역입니다. 새신부의 앞날을 축복하기로 더할 나위 없는 지참금이지요."

정혼 관계에서 지참금을 언급하는 건 딱히 흠으로 여겨지지 않았다. 오히려 많이 받을수록 주위에 자랑하는 걸 미덕처럼 여기는 문화였다. 특히 영지는 지참금 목록 중에서도 가장 가치가 높았다. 하셀리안이 자랑스럽게 대답하는 것만 봐도 그의 가문이 이 혼사를 얼마나 만족스럽게 여기는지 알 수 있었다. 그러나 알리사는 차게 미소 지었다. 으스대던 하셀리안이 어리둥절한 표정을 지었다.

"역시 먼 시골 일이라 소문도 많이 느린가 봐요. 그렇다 해도 미리 확인도 해두지 않으시다니 경솔하신 게 아니었나 싶네요."

"무슨……."

"소레타는 어릴 때 살던 곳이라 잘 알아요. 확실히 아름답고 풍요로운 지역이죠. 그런데 제가 알기론 그 영지는 벌써 오래전에 폐허가 됐거든요. 제가 그 땅을 떠나면서 그 지역에 임하던 축복도 사라졌다고 들었어요. 지금은 풀 한 포기도 나지 않을 거예요."

"하하, 마, 말도 안 되는 소리를 하시는군요. 알리사 양이 그 땅을 떠났는데 왜 축복이 사라진단 말입니까?"

"그 축복이 임했던 이유가 저 때문이었거든요."

하셀리안은 황당하다는 표정을 감추지 못했다. 하지만 이 부분에서만큼은 알리사는 당당했다. 실제로 그 지역이 폐허가 된 걸 직접 보고 온 적도 있었다. 바로 작년 여름 방학 때 시벨리우스와 여행하면서 들러봤던 거니 그사이에 복원됐을 리는 만무했다.

"허황한 말씀을 하시는군요. 물론 땅의 정령사가 풍작에 도움을 주는 건 사실이죠. 하지만 터전을 떠났다 해서 가꿔진 땅이 폐허로 변하진 않습니다."

"그냥 땅의 정령사가 아니라서 가능해요. 저도 몰랐는데 그렇다고 하더라구요."

"이해하기가 어렵군요."

"그래요. 머리가 나쁘신 것 같으니 간단히 말씀드리죠. 날 건드리면 안 좋은 꼴을 본다는 소리예요."

잠시간 어리둥절해하던 하셀리안의 얼굴이 빠르게 굳어졌다. 주변의 모든 이가 숨을 삼킨 채 두 사람을 바라보았다.

"지금 미쳤습니까?"

"미친 건 당신이죠, 마켈란 군. 사람은 입을 경솔하게 놀리면 안 돼요. 내게 예언의 능력이 있다는 것도 알면서 참 겁도 없네요. 뻔히 보이는 앞날 하나 예지해드릴까요? 당신은 그 경솔함 때문에 앞으로 인생이 꼬이겠어요. 어디서 객사 당하지 않게 조심하세요."

"이, 이런 무례한……! 감히 반푼이 데바밖에 안 되는 서녀 따위가 칼립을 모욕하다니!"

얼굴이 붉으락푸르락해진 하셀리안이 온몸을 부들부들 떨었다. 분노한 탓에 본색을 드러내는 것도 서슴지 않았다. 이제 주변인들은 불똥이 튈까 무서워 한 발 물러선 상태였다. 겁먹은 스텔라가 걱정스러운 눈으로 알리사를 바라보았다. 물론 알리사는 아무렇지도 않았다. 그저 눈에 뵈는 게 없는 이 철없는 귀족을 어떻게 족칠지에 대한 생각뿐이었다. 당연히 더는 예우를 지킬 생각도 없었다.

“멍청한 소리 좀 그만하지? 내 출신이 뭐든 그건 내게 아무런 의미 없고, 네가 칼립인 것도 별로 상관없어. 칼립은 목숨이 서너 개는 되니? 목 따면 죽는 건 다 똑같거든?”

“지금 날 죽이겠다고 협박하는 건가? 귀족을 시해하려는 죄로 고발하겠다!”

“재밌는 소리를 하네. 그렇게 말하면 진짜 협박이 뭔지 보여주고 싶어지잖아.”

싱긋 웃은 알리사가 한 발 앞으로 옮겼다. 그러자 그와 동시에 바닥이 진동하기 시작했다. 깊숙한 곳에서부터 묵직한 울음소리가 들리는 듯했다. 그제야 알리사가 상급 정령사임을 새삼스럽게 상기한 하셀리안의 얼굴이 창백해졌다.

“모두 그만.”

그때 한 사람이 중재를 시도했다. 후드를 깊게 눌러쓴 장신의 남성이었다. 교복이 아닌 차림으로 보아 축제를 구경하러 온 외부인으로 보였다. 당황한 알리사가 힘을 멈추자 진동이 멈췄다. 그제야 안도의 한숨을 돌린 하셀리안이 크게 소리쳤다.

“경비! 경비를 불러 주시오! 어서!”

그 말에 멍하니 있던 귀족들이 정신을 차리고 경비대를 불렀다. 곧 근처를 지키고 있던 병사들이 몰려들었다.

“무슨 일이십니까!”

"저걸 당장 감옥에 가두시오! 날 죽이려고 했소!"

하셀리안이 삿대질하며 가리킨 건 당연히 알리사였다. 상황을 파악하지 못한 병사들이 어리둥절해하는 사이, 후드를 쓴 남자가 알리사를 보호하듯이 앞으로 나섰다.

"분명 그만두라 했을 텐데."

"누구신지는 모르겠으나 당신도 보셨지 않습니까! 저게 귀족을 위협했습니다! 종의 몸에서 난 서녀인 주제에 대귀족인 칼립을 말입니다!"

"그래, 보기는 했지. 하지만 그대가 먼저 무례를 범하는 것도 보았지."

"무례라니! 귀족이 미천한 자에게 차릴 예의가 어디에 있단 말입니까! 헛소리할 생각이거든 끼어들지 않는 게 좋겠습니다!"

"……확실히, 그대는 인생이 꼬일 팔자로군."

이어진 말투는 평온했다. 그래서 하셀리안은 그 말의 의미를 바로 알아듣지 못했다. 멈칫한 그가 얼굴을 찌푸릴 때쯤, 남자가 후드를 뒤로 젖혔다. 가려져 있던 머리칼이 드러나자 지켜보던 이들이 모두 멍하니 입을 벌렸다. 남자는 꽃물처럼 짙은 선홍색 머리칼을 지니고 있었다. 카터스 황실의 직계 황족에게서만 나타나는 고유의 머리 색이었다. 그리고 현 제국에서 이 색을 지닌 이는 오직 한 사람, 황제 라온휘젠뿐이었다.

"화, 황제 폐하를 뵙습니다!"

경악한 학생 몇이 외치는 말을 시작으로 주변의 모든 이들이 제국에서 가장 높은 이를 향한 예의를 표했다. 하셀리안도 마찬가지로 허둥지둥 몸을 굽혔다.

"화, 황제 폐하께서 왜 이런 곳에……."

"그대가 핍박하는 이를 보러 왔다면?"

"예?"

어리둥절해하는 하셀리안을 내버려 두고 라온휘젠은 어정쩡한 자세로 서 있는 알리사를 바라보았다. 낭패감을 역력히 드러낸 알리사가 고개를 저었지만 그는 아랑곳하지 않고 미소 지었다.

"또 보는군, 알리사."

"……폐하를 뵙습니다."

"딱딱한 인사는 그만두지. 어제 너무 짧게 본 게 아쉬워 오늘은 느긋하게 시간을 보낼 생각으로 왔는데. 내가 시기를 잘 맞춘 것 같군."

이건 또 무슨 소리일까. 하셀리안은 물론 사람들 모두 빠르게 머리를 굴렸다. 착각이 아니라면 황제는 알리사를 잘 아는 이처럼 대하고 있었다. 모두의 머리에 불길한 예감이 스쳤다. 그런 이들을 싸늘한 시선으로 내려다본 라온휘젠이 입을 열었다.

"이야기는 전부 들었다. 하지만 그대의 형수가 된다는 그 여인이 한 가지는 빠트리고 알려준 모양이던데."

"예?"

"카터스 제국와 알폰프 제국 사이에 있던 긴 전쟁을 알고 있나? 프라워스 전쟁 말이다. 하나의 반려성을 차지하기 위한 제왕의 별들이 일으킨 잔혹한 전쟁이었지.”

“무, 물론 알고 있습니다. 왜 갑자기 그런 걸 하문하시는지는 모르겠으나 폐하께서 제왕의 별을 타고나셨다는 것도 알고 있습니다.”

“그렇군. 그럼 반려성이 태어날 땐 푸른 달이 뜬다는 것도 알고 있나?”

“그렇다는 전설이 있다는 건 들어봤던 것 같습니다.”

“전설이 아니다. 알리사가 태어났을 때도 푸른 달이 떴으니까.”

이번엔 아무도 숨을 삼키지 못했다. 이곳에 있는 이들 중 그 의미를 알아듣지 못한 사람은 아무도 없었다. 자신을 멍하니 바라보는 사람들을 보며 알리사는 머리를 짚었다.

그렇게 만류했건만 결국 저지르고 말았다. 설마 이 시점에 라온휘젠이 나타날 줄이야. 워낙 이러저러한 핑계로 들르는 사람이다 보니 이번 축제 기간에도 올 거라는 건 어느 정도 예상하던 바였다. 그래도 바로 어제 다녀간 참이라 오늘은 아닐 줄 알았다. 하물며 이렇게 대놓고 사람들 앞에서 모습을 드러내다니. 그동안 알리사를 배려하여 언급을 삼가던 반려성까지 밝히는 걸 보니 왠지 느낌이 좋지 않았다. 침실에 귀족 영애가 숨어든 사건 때문인지 아무래도 그의 내면에 무언가 변화가 생긴 게 분명했다. 옆에서 스텔라가 경악한 얼굴로 입을 틀어막고 있는 걸 보니 한숨이 저절로 흘러나왔다.

"자, 그럼 이제 다시 한번 말해보라. 내 앞에서 내 반려성을 감옥에 끌고 가라고 말이다."

라온휘젠의 차가운 시선이 하셀리안에게 꽂혔다. 하셀리안은 시퍼렇게 질린 얼굴로 고개를 휘저었다.

"뭐, 뭔가 잘못된 겁니다, 폐하! 그럴 리가 없습니다!"

"그럴 리가 없다?"

"푸른 달의 전설은 어느 정도 알려진 이야기입니다. 누구든 거짓으로 꾸며낼 수 있습니다. 저치가 반려성인 척 폐하를 속이고 있는 겁니다!"

"그대는 내가 바보천치로 보이는가 보군. 운명의 별이 서로를 알아본다는 것도 알지 못하나?"

"하, 하지만……! 전설의 반려성이라면 제왕의 별과 한 몸 같은 존재 아닙니까? 반려성에게 위기가 임할 땐 제왕의 별과 연이 닿는다 들었습니다. 저 여자는 어릴 때 집을 떠났습니다. 어린 소녀가 고향을 등지는 것만큼 위태로운 일이 또 어디에 있겠습니까? 그러나 그녀가 따라나선 자들은 우연히 들른 용병들이라 했으니, 그게 설마 폐하는 아니시겠지요."

멈칫한 라온휘젠이 입을 다물었다. 그걸 기회라 여겼는지 하셀리안의 얼굴이 화색을 띠었다.

"위기가 어디 그뿐이었겠습니까? 어린 나이에 고향을 떠나 변변찮은 보호자도 없이 살았다면 험한 꼴도 많이 겪었을 겁니다. 반려성이라니, 말도 안 되는 일입니다. 어떤 감언이설을 뱉었는지 모르나 폐하께서 저 발칙한 여자에게 속으신 겁니다!"

"위기가 임할 때 제왕의 별과 연이 닿는다라……. 뼈아픈 부분을 찌르는군."

"그렇습니다, 폐하! 제 말이 바로 그겁니다. 그러니 반려성이 아니라는 명백한 증거……!"

차라리 아무 말을 하지 말지. 알리사는 고개를 절레절레 저었다. 저 멍청이는 자신이 말을 뱉을 때마다 라온휘젠의 눈빛이 살벌해지는 걸 전혀 느끼지 못하는 게 분명했다. 알리사가 그가 아닌 이사나를 먼저 만난 건 라온휘젠이 무엇보다 가장 탄식하는 부분이었다. 하필이면 건드려도 그걸 건드리다니. 역시 입으로 화를 부르는 타입이 분명했다. 보다 못한 알리사가 그만 닥치라고 경고할까 고민하던 때였다.

"그래요, 정말 확실히 명백한 증거네요. 위기가 임할 때 제왕의 별이 나타났으니 말입니다."

그 순간 들려온 음성에 머릿속의 모든 생각이 하얗게 비워졌다. 지금 여기서 결코 들릴 리가 없는 목소리가 들리고 있었다. 가장 먼저 떠오른 건 안주머니에 넣어둔 반려석이 멋대로 작동했나 싶은 의문이었다. 하지만 그런 것치고는 너무 소리가 뚜렷했다. 아무리 좋은 통신석이라도 미묘한 울림이 있기 마련인데 조금 전 목소리에선 그런 위화감이 전혀 느껴지지 않았다.

'마치 바로 옆에서 들린 것처럼…….'

알리사는 멍하니 고개를 돌렸다. 그러자 하나의 광경이 곧장 눈에 들어왔다. 주위를 둘러싼 수많은 배경 중에서 오직 그 광경만이 시린 듯이 선명했다. 그곳엔 한 사람이 서 있었다. 화사한 금발에 청명한 푸른 눈동자를 지닌, 아주 아주 그리운 사람이.

지금 내가 뭘 보고 있는 거지?

숨을 쉬는 것도 잊은 채 눈만 깜빡였다. 선이 조금 더 짙어졌나? 키도 한층 더 큰 것 같았다. 마지막으로 봤을 때보다 훨씬 성숙해진 모습이었지만 그래도 틀림없는 그였다. 그 그리운 얼굴이 알리사를 향해 부드럽게 웃었다.

"안녕, 알리사."

처음엔 꿈을 꾸는 건가 싶었다. 하지만 아무리 꿈이라도 한 번도 본 적 없는 그의 성장한 모습을 이렇게 현실감 넘치게 상상하는 게 불가능하다는 건 알고 있었다. 주위 사람들의 반응도 다들 낯선 이의 등장에 당황해하는 상태였다. 그것만 봐도 꿈이 아니라는 것만은 확실했다.

"어떻게……."

목이 메어 말이 제대로 이어지지 않았다. 이윽고 영원히 멈춰 있을 것만 같았던 그가 움직였다. 그건 마치 그림이 살아 움직이는 것 같은 기묘한 느낌이었다. 술렁이는 사람들 사이를 가르고 그가 조금씩 안쪽으로 들어서기 시작했다. 거리가 가까워질 때마다 알리사는 점점 몸 둘 바를 모를 상태가 됐다. 성큼성큼 큰 보폭으로 다가오던 그는 약간의 간격을 둔 상태가 되어서야 멈춰섰다. 그때 서야 알리사는 참고 있던 숨을 삼켰다. 멈춰

서 다행이었다. 더 가까워졌다면 다리에 힘이 풀려 주저앉았을지도 몰랐다. 그런 알리사를 향해 말없이 미소 지은 이가 문득 라온휘젠을 바라보았다. 그 역시 예상치 못한 등장에 당황한 듯 얼굴이 굳어 있는 상태였다.

"오랜만입니다. 설마 이런 데서 재회할 줄은 몰랐네요."

"……당신이야말로. 어떻게 이곳을……?"

그건 알리사 역시 가장 묻고 싶은 부분이었다. 마지막으로 연락한 시점이 며칠 전도 아니고 불과 어젯밤이다. 드래곤이라도 되지 않는 한, 스왈트 제국과 카터스 제국은 결코 반나절 만에는 건너올 수 없는 거리였다. 그 역시 알리사가 같은 답을 궁금해한다는 걸 알아본 듯했다. 열렬하게 바라보는 것에 민망해진 듯, 그—이사나가 머쓱한 얼굴을 했다.

"실은 이미 와 있었거든."

"……와 있었다고?"

"보고 싶다고 했잖아. 네 졸업이 다가온다고 생각하니 더는 기다릴 수가 없었어."

이렇게 달콤한 말을 아무렇지 않게 할 수 있는 사람이었던가. 아직도 어안이 벙벙한 기분에 알리사는 숨을 크게 삼켰다. "어제 곧장 달려오고 싶은 걸 간신히 참았어." 그걸로도 모자라 이사나는 수줍게 덧붙이기까지 했다. 순진한 얼굴로 심장을 완전히 멈추게 하려는 게 틀림없었다.

"무례한 사람이로군! 허락도 없이 끼어들어 훼방을 놓다니,

이게 대체 무슨 행패입니까? 당신은 대체 누굽니까? 지금 눈앞에 계신 분이 누구신지 알고서나 경거망동하고 있는 겁니까?"

그때 돌아가는 상황을 이해하지 못한 하셀리안이 불쾌한 얼굴로 소리쳤다. 그제야 발견했다는 듯 이사나의 시선이 그를 향했다. 내내 걸려있던 미소가 조금 흐려졌다.

"글쎄요. 정말로 경거망동하고 있는 이가 누군지 모르겠군요. 내가 그대라면 좀 더 현명하게 머리를 쓸 것 같은데 말입니다."

"뭐, 뭐라구요?"

"모두가 그대처럼 아는 것도 없이 무모한 배짱을 부린다고 생각하는 건 곤란하다는 뜻입니다."

"이……!"

"그만. 그는 스왈트 제국의 황제다. 그대는 예의를 좀 더 배워야 할 것 같군."

발끈해서 화를 내려던 하셀리안을 막은 건 라온휘젠이었다. 그 대답이 미친 파급력은 굉장했다. 경악한 하셀리안이 그대로 입을 벌렸다. 주위에 있던 이들도 모두 놀라 이사나를 바라보았다.

"스, 스왈트 제국의 황제?"

"저 사람이 그 이사나 황제라고?!"

혼란에 빠진 이들을 돌아보는 이사나의 시선은 담담했다.

"네, 그 이사나입니다. 참고로 어린 알리사를 고향 땅에서 데리고 나간 이들 중 하나이기도 하죠."

"……!"

"기대하던 용병이 아니라 유감이군요."

경악한 사람들은 예의를 표하는 것조차 잊었다. 하셀리안 역시 완전히 넋을 잃은 채였다. 이사나는 얼어 있는 사람들을 천천히 돌아보았다. 부드럽게 미소 짓는 얼굴이었으나 응시하는 눈동자는 조금도 웃고 있지 않았다. 시선이 닿을 때마다 사람들은 낮게 숨죽이며 식은땀을 흘렸다.

"부디 이 대답이 오늘 불어난 쓸데없는 오해를 잠식시키길 바랍니다. 진귀한 보석을 알아보지 못하고 함부로 한 이들이 있었다 한들, 그게 보석의 탓은 아니잖습니까? 또한 그 가치를 알아보고 의당 있어야 할 자리로 옮긴 이들 역시 당연한 일을 한 것뿐일 테지요."

어느덧 주위가 고요해졌다. 그때까지도 알리사는 얼빠진 얼굴로 이사나를 바라보고 있기만 했다. 다시금 두 사람의 시선이 마주쳤다. 햇빛을 등지고 있지도 않은데 어쩐지 눈이 부셨다. 무심코 숨을 삼키는 알리사를 향해 밝게 웃은 이사나가 한 손을 내밀었다.

"가자, 알리사."

"우리와 같이 가지 않을래?"

문득 언젠가의 기억이 떠올랐다. 가장 우울했던 어둠의 시절을 환한 빛으로 바꾸어준 사람들. 그들이 밝게 웃으며 자신에게 손을 내밀던 기억이었다. 그때나 지금이나 알리사에게 함께 가자고 해주는 건 그들밖에 없었다.

"……더 큰 세상으로, 데려가 줄 거야?"

알리사는 자기도 모르게 입을 열었다. 같은 시간, 같은 순간을 공유한 사람들만이 이해하는 질문이 튀어나왔다. 당연히 이사나는 바로 알아들은 얼굴이었다. 푸른 눈동자가 살짝 커지더니 아득한 그리움을 품고 이내 부드럽게 휘어졌다.

"데려가 줄게. 네가 원하는 그 어디라도."

더는 참을 수 없어진 알리사가 그를 향해 걸음을 옮겼다. 그러자 그 순간 누군가가 손목을 붙잡아 세웠다. 라온휘젠이었다.

"알리사."

똑바로 바라보는 그의 눈동자가 불안정하게 흔들리고 있었다. 가지 말라는 애원이 읽혔으나 알리사는 그 요청에 응할 수가 없었다.

"미안해요, 폐하. 난 가야 해요."

그 말에 잡은 손에서 천천히 힘이 빠져나갔다. 허탈한 듯한 표정을 짓는 모습이 미안했지만 그뿐이었다. 어젯밤 이사나가 언제 돌아올 거냐고 물었을 때부터, 아니, 어쩌면 그보다 훨씬 전에 대답은 이미 정해진 건지도 몰랐다. 앞으로 어디를 가든 무슨 일을 하든 그곳에서 얼마나 오래 머물든, 변하지 않을 사실은 오직 하나였다. 알리사에겐 그가 있는 곳이 돌아갈 장소였다.

결국 그대로 나아간 알리사가 이사나의 손을 마주 잡았다. 그와 동시에 강렬한 빛이 일더니, 두 사람의 모습이 그 자리에서 완전히 자취를 감추었다.

"스크롤 마법인가……."

남겨진 라온휘젠은 씁쓸한 얼굴로 손을 쥐었다 폈다. 조금 전 닿았던 온기가 아직도 손바닥 안에 남아 있는 듯했다. 자신이 너무 조급하게 굴었던 건지도 몰랐다. 아니, 오히려 반대로 더 조급했어야 했을까. 하지만 한 가지는 분명했다. 이제 그는 두 번 다시는 그 손을 잡을 수 없을 것이다.

쓴웃음을 지은 후 라온휘젠은 고개를 돌렸다. 조심스럽게 눈치를 살피던 이들이 황제의 서슬푸른 시선을 마주하고 얼른 고개를 숙였다. 특히 하셀리안의 얼굴은 핏기를 잃은 지 오래였다.

"객사할 팔자로 보인다 했지. 확실히 내게도 그렇게 보이는군. 그대는 앞으로 평생 몸을 사리는 게 좋을 것이다."

머리 위에서 떨어진 말이 반드시 죽을 거라는 엄포로 느껴져 하셀리안은 울고 싶어졌다.

그 뒤로 황제의 방문 소식을 들은 총장이 교수들과 부랴부랴 나올 때까지, 라온휘젠은 한참 동안 그 자리에 가만히 서 있었다. 사정을 짐작한 이도, 그렇지 못한 이들도, 모두가 이 순간엔 같은 것을 직감했다. 반려성이 제왕의 선택을 마쳤다. 같은 궤도를 탄 운명의 별이 이제 각자 다른 방향으로 나아가기 시작했다.

새로운 궤적이었다.

*　　*　　*

"와아, 여기가 어디야?"

눈을 뜨니 드넓은 바다가 펼쳐져 있었다. 갑자기 공간이 바뀔 거라곤 예상치 못했던 알리사는 새파란 물의 향연에 깜짝 놀랐다. 설마 그 와중에 공간이동 마법 스크롤을 준비해 뒀을 줄이야. 사람들 틈을 걸어서 빠져나가는 것보단 확실히 덜 민망해서 좋았다. 섬세한 이사나다운 방식의 탈출이었다.

"경관이 좋은 곳이라고 해서 와봤어. 마음에 들어?"

"응, 너무 예뻐. 근데 이사나 씨 혼자서 온 거야?"

"아니, 시벨 형님도 같이 왔어. 이따가 합류할 거야."

"왜 처음부터 같이 안 오고?"

"오랜만의 재회인데 잠시간이라도 둘만 있고 싶어서."

"으엑! 뭐야, 그게."

과장되게 기겁한 알리사가 부리나케 어깨를 쓸었다. 그 모습을 웃으며 바라보던 이사나가 물었다.

"알리사."

"응?"

"왜 아까부터 날 안 봐?"

그래, 그렇게 물을 줄 알았지. 역시 티가 났나 싶어 알리사는 낮게 신음했다. 아까는 정신없어서 몰랐는데, 역시 이사나가 바로 옆에 있다고 생각하니 좀처럼 적응할 수가 없었다. 너무 오랫동안 목소리로만 교류했더니 정작 실물을 대하는 게 곤혹스러웠다. 오랫동안 이 순간을 고대해왔다는 건 마음을 진정하는 데 아무런 도움이 되지 않았다. 마주 서서 대화하는 것도 어려운데 얼굴을 똑바로 마주 볼 수 있을 리가 없었다.

"나 보고 싶다고 했잖아. 난 그 말을 듣고 하늘을 나는 것 같았는데……. 혹시 실제로 보는 건 싫었어?"

"아냐! 그럴 리가 없잖아!"

"그럼?"

"……민망하니까 그렇지."

"민망하다고? 왜?"

"그치만 이사나 씨, 너무 오랜만이고, 뭔가 많이 변했고…… 왠지 어색하단 말이야."

우물거리며 답한 말을 이사나는 오히려 더 이해하지 못한 듯했다.

"내가 그렇게 많이 변했나?"

"변했어! 키도 더 컸고, 체형도 뭔가 바뀌었고, 얼굴도 더 어른스러워졌고……."

"그렇구나. 알리사는 그대로 같은데."

"거짓말. 내가 그사이에 키가 얼마나 많이 컸는데! 똑같을 리가 없잖아."

"그런가. 얼굴을 안 보여주니 잘 모르겠어. 그러지 말고 얼굴 좀 보여줘. 우리 오랜만이잖아. 자세히 보고 싶어."

"으으, 그런 말 좀 하지 마."

"그런 말이라니?"

"보고 싶다느니, 보여달라느니, 그런 식으로 하는 말 말이야. 이사나 씨 못 본 사이에 너무 느끼해졌어!"

"하하."

타박하는 말에 가벼운 웃음소리가 돌아왔다. 늘 통신석 저편에서 듣던 바로 그 목소리였다. 정말이다, 정말 이사나 씨구나. 새삼 가슴이 벅차올라 알리사는 마른침을 삼켰다. 그제야 조금 얼굴을 마주하고 싶다는 용기가 생겼다. 간신히 고개를 드니 자신을 똑바로 응시하고 있는 푸른 눈동자가 바로 보였다. 다정한 빛을 머금은 눈동자가 시선을 맞추니 더욱 달콤해졌다.

"드디어 봤네."

그러니까 그런 말 좀 하지 말라니까!

두 뺨이 달아오른 게 스스로 분명히 알 만큼 느껴졌다. 슬쩍 문지르니 닿는 곳마다 데일 만큼 뜨거웠다. 얼굴이 홍당무처럼 붉어져 있을 게 분명했다.

쏴아아—

때마침 짙은 파도 소리와 더불어 거센 바람이 불었다. 흐트러진 머리칼을 정돈하다 알리사는 문득 주변의 풍경에 시선을 빼앗겼다. 지평선 너머 쏟아지는 햇빛이 새파란 물결 위에서 마치 금가루처럼 반짝이고 있었다. 이사나 역시 그 광경에 시선을 두고 있었다.

"참 아름다운 곳이야. 바다에 오면 기분이 좋아져. 엘이 함께 있는 것 같거든."

"아! 나, 나도 그래! 바다를 보면 느껴지는 탁 트인 느낌이 왠지 엘 님의 기운이랑 비슷하지."

"응, 맞아. 그래서인가. 여기선 항상 용기가 나. 지금도, 꼭 해야 하는 말을 할 수 있을 것 같아."

"꼭 해야 하는 말?"

"좋아해, 알리사."

불쑥 스치고 들어온 목소리에 숨을 멈췄다. 귓가가 너무 달아서 그대로 녹아내리는 것만 같았다. 알리사는 그제야 이사나의 얼굴도 붉다는 걸 알아보았다. 빨갛게 달아오른 얼굴이 건드리면 그대로 터질 것 같았다. 이번에는 그가 알리사를 똑바로 보지 못했다.

"늘 중요한 말을 네가 먼저 하게 해서 미안해. 그래서 이 말은 꼭 내가 먼저 하고 싶었어."

"이사나 씨……."

"널 정말 좋아해."

사람이 이렇게까지 사랑스러울 수가 있을까. 크게 숨을 삼키다 알리사는 문득 시선을 내렸다. 꾹 쥐어진 이사나의 손이 가늘게 떨리고 있었다. 알리사는 홀린 듯이 다가가 그 손을 맞잡았다. 당황한 듯 눈을 깜빡이는 그의 입술에 그대로 입을 맞췄다.

"내가 더 좋아해."

멍한 표정으로 바라보던 이사나가 곧 웃음을 터트렸다. 물기 어린 눈동자에 수많은 감정이 넘실거렸다.

"역시 넌 못 이기겠다."

훗날 스왈트 제국의 태평성대를 이룬 현황 이사나와 그의 하나뿐인 정비—강철의 황후 알리사. 평생 든든한 동반자이자 마지막까지 애틋한 연인이었던 두 사람이 서로의 마음을 확인한 첫 순간이었다.

〈정령왕 엘퀴네스 개정판 14.5권 마침〉